The Shadow

EIN NEST VOLLER RATTEN

Text: DENNIS O'NEIL
Zeichnung: MICHAEL W. KALUTA
Farben: LOVERN KINDZIERSKI

EDITION comicArt
IM CARLSEN VERLAG

EDITION COMIC ART im Carlsen Verlag
Lektorat: Andreas C. Knigge
1. Auflage September 1990

Aus dem Amerikanischen von Uwe Anton
THE PRIVATE FILES OF THE SHADOW

Lettering: Monika Weimer
Druck und buchbinderische Verarbeitung:
Elsnerdruck, Berlin

ISBN 3-551-72401-6
Printed in Germany

Wer kennt das Böse, das in den Herzen der Menschen wohnt?

Mitternacht in den Schluchten der Großstadt... Ein gellender Schrei, mehrere peitschende Schüsse aus zwei .45er Automatik-Pistolen, und eine große, hagere Gestalt verschmilzt mit ihrem schwarzen Umhang und Hut wieder mit der Dunkelheit. Ein schauderhaftes Gelächter und ein Satz, der den Verbrechern das Blut in den Adern gefrieren läßt: »Wer kennt das Böse, das in den Herzen der Menschen wohnt?«

Aber nicht nur jeglichem lichtscheuen Gesindel stockte der Atem, sondern auch der halben amerikanischen Nation, die Woche für Woche gespannt vor den Radios wartete, wenn die Vertonung der Abenteuer des Shadow ausgestrahlt wurde. Dieser geheimnisvolle Held ist ein Phänomen für sich und die wohl berühmteste Titelgestalt der »Pulps« genannten, großformatigen amerikanischen Genremagazine, in denen u. a. auch Dashiell Hammett und Raymond Chandler ihre Geschichten veröffentlichten und die moderne amerikanische Kriminalliteratur ihren Anfang nahm.

Jene »Pulps« sind, genau wie der Shadow, originäre Bestandteile der US-amerikanischen populären Kultur. Ausgehend von preiswerten Fortsetzungsperiodika entwickelten sich Ende des 19. Jahrhunderts Magazine mit Massenauflagen, die bekanntesten vielleicht *Argosy* und *Munsey's* (benannt nach dem späteren »Erfinder« der Pulps, Frank A. Munsey). Im Lauf der Jahre nahmen die meisten dieser Magazine ein recht einheitliches Aussehen an: großformatig und auf billigem, stark holzhaltigem Papier gedruckt, mit grellbunten, oftmals ästhetisch nicht gerade ansehnlichen, zumeist aber sehr reißerischen Titelbildern, überschwemmten sie die Kioske und Soda-Stände der Nation. Ihren Namen verdanken sie dem »Pulp« genannten Papierbrei, auf dem sie gedruckt wurden. Aufgrund ihres verhältnismäßig niedrigen Preises fanden sie reißenden Absatz, und immer mehr Verlage überfluteten die Leser mit Magazinen, die sich schnell auf einzelne Genres spezialisierten. 1915 erschien das erste Krimi-Pulp, *The Detective Story*, beim Verlag Street & Smith. 1920 kam die erste Ausgabe von *Black Mask*, dem wohl berühmtesten Krimi-Pulp, an die Kioske, 1926 mit *Amazing* das erste Magazin, das sich ausschließlich der Science-fiction widmete. Die Pulp-Szene blühte mit immer neuen Titeln auf und bot den Lesern geradezu alles von der Science-fiction über Krimis, Western, Box-, Kriegs-, Luftkampf- bis hin zu Liebesgeschichten speziell für das weibliche Publikum, bis die Papierknappheit des II. Weltkriegs dem Boom ein Ende setzte. Anfang der fünfziger Jahre schließlich wandelten auch die letzten noch übriggebliebenen Pulps ihr Format auf die Digest-Größe um, in der auch heutzutage noch einige amerikanische Magazine erscheinen. Doch die Konkurrenz der aufstrebenden Taschenbücher war zu mächtig; in kurzer Zeit eroberten die *Paperbacks* die Marktanteile, die zuvor die Magazine besessen hatten, und auch die wenigen Digest-Magazine, die sich halten konnten, fristen heute ein eher bescheidenes Dasein. Ihre Auflagen sind mit denen der Vorkriegszeit längst nicht mehr zu vergleichen.

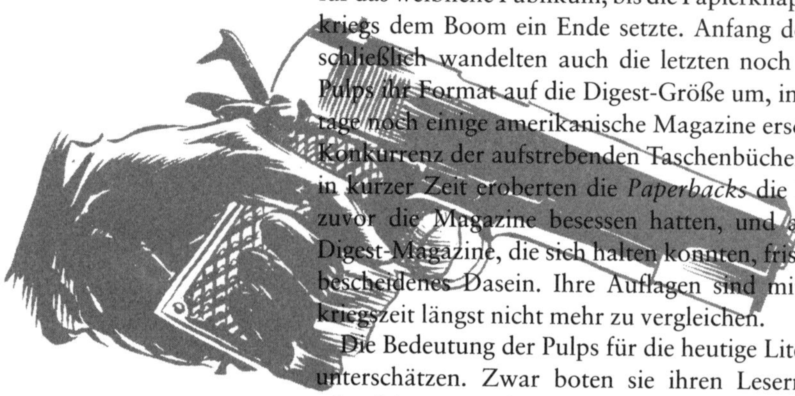

Die Bedeutung der Pulps für die heutige Literatur ist nicht zu unterschätzen. Zwar boten sie ihren Lesern in erster Linie schnell konsumierbare, spannende Gebrauchsliteratur, doch in fast jedem Genre lassen sich zahlreiche Geschichten finden, deren Qualität der grellen Form der Erstveröffentlichung Hohn spricht und die heute, zwischen Buchdeckel gepreßt, als moderne Klassiker der Literatur gelten. So erschien zum Beispiel in der Dezemberausgabe 1922 des Pulps *Black Mask* die Story »The Road Home« eines gewissen Peter Collinson; in der Ausgabe vom 15. Oktober 1923 veröffentlichte jener »Peter Collinson« schon zwei Geschichten, »Slippery Fingers« unter diesem Pseudonym, und »Crooked Souls« unter seinem wirklichen Namen – Dashiell Hammett. Die meisten von Hammetts etwa achtzig Erzählungen erschienen in den Pulps, nur einige spätere in besser bezahlenden Hochglanzpapiermagazinen, und auch drei seiner Romane, darunter der Klassiker »The Maltese Falcon«, wurden in *Black Mask* vorabgedruckt. Und gut zehn Jahre später veröffentlichte ein – damals noch – gewisser Raymond Chandler seine erste Kriminalgeschichte »Blackmailers Don't Shoot« im gleichen Magazin. Noch 1941, nachdem Chandler schon zwei Romane beim angesehenen Verlag Alfred A. Knopf veröffentlicht hatte, erschien seine Erzählung »No Crime in the Mountains« im Pulp-Magazin *Detective Story*. Mehrere seiner Romane, darunter auch sein Erstling und Meisterwerk »The Big Sleep«, setzen sich übrigens aus einzelnen Geschichten zusammen, die Chandler zuerst in den Pulps veröffentlichte und dann für die Romanfassung überarbeitete, erweiterte und zusammenfügte.

Die Entstehungsgeschichte des Shadow, jenes Mythos' der populären Kultur, der die gesamte Pulp-Szene nachhaltig beeinflußte, ist nicht minder ungewöhnlich wie die Methoden, derer sich der geheimnisvolle Kämpfer gegen das Verbrechen bedient. 1930 kam der Verlag Street & Smith, dessen *Detective Story* sich nun gegen zahlreiche Konkurrenten zu behaupten hatte, auf die Idee, über das Medium Rundfunk Werbung für das Krimi-Magazin zu machen und strahlte die einstündige Sendung »The Detective Story Magazine Hour« aus. Anfangs las der Sprecher James La Curto jeweils eine Geschichte aus dem Magazin vor, doch bald kam man überein, dem Sprecher eine Aura des Geheimnisvollen zu geben, einen eingängigen Markennamen, der ihn beim Publikum zu einem Begriff machen sollte. Man einigte sich auf die Bezeichnung »Shadow« – der »Schatten«. Die Storys aus dem Magazin wurden nun für das Radio dramatisiert, also mit verschiedenen Sprechrollen und Geräuscheffekten hörspielmäßig aufbereitet, und am Ende einer jeden Sendung, wenn der Übeltäter sein verdientes Ende gefunden hatte, versicherte La Curto dem Publikum mit hohler, sonorer, furchterregender Stimme: »Crime does not pay. The Shadow knows!« – »Verbrechen lohnt nicht. Der Shadow weiß es!« Diese Worte wurden zum geflügelten Begriff, und beim Verlag Street & Smith setzte sich bald die Erkenntnis durch, daß das hauptsächliche Interesse der Radiohörer weniger der jeweiligen Geschichte galt als dem unheimlichen Präsentator der Sendung. Warum also nicht – so ein kluger Kopf bei Street & Smith – die Bekanntheit des Shadow ausnutzen und in konkreten finanziellen Gewinn umsetzen? Mehr oder weniger zufällig war aus einer reinen Werbung für das Magazin *Detective Story* ein Markenzeichen geworden, dem man sein eigenes Magazin geben konnte.

Doch dieses Magazin mußte erst noch geschaffen werden. Dazu heuerte man bei Street & Smith ein noch relativ unbeschriebenes Blatt der Pulp-Szene an, einen jungen Zauberkünstler namens Walter Gibson, der seit 1920 als Reporter beim *Philadelphia North American* arbeitete, ein Jahr später zum *Philadelphia Public Ledger* gewechselt war und bald jede Menge »True Crime Stories«, also storymäßig aufgearbeitete Polizeiberichte, für das Ledger Syndicate verfaßte. Des weiteren hatte er als Ghost-Writer für damals bekannte Bühnenmagier wie Houdini, Blackstone und Thurston und Astrologen wie A. F. Seward gearbeitet, war mit dem Übersinnlichen also bestens vertraut. Gibson bekam von Frank Blackwell, dem Herausgeber des Magazins *Detective Story*, das Angebot, dem Shadow, der bislang allein durch sein spöttisches Lachen und seine düsteren Einführungen der Radiosendungen bekannt war, zum Handlungsträger eines eigenen Magazins zu machen. Neben einigen Kurzgeschichten sollte jede Ausgabe des Magazins einen kompletten, in sich abgeschlossenen Roman um den Shadow präsentieren. Das Honorar für den ersten Roman wurde ihm garantiert, und sollte sich die Erstausgabe einigermaßen verkaufen, hatte er eine Option auf drei weitere. Das Magazin sollte vierteljährlich erscheinen.

Kein Wunder, daß Gibson, beeinflußt von der geheimnisvollen Aura des Radio-Shadows und seinem eigenen Interesse für die Magie, einen ebenso geheimnisvollen, übernatürlichen Helden erschaffen wollte: »Ich brauchte einen Protagonisten, der sich von den üblichen Magazin-Charakteren unterschied und der in sich selbst schon geheimnisvoll war«, erklärte Gibson später in einem Interview. »Houdinis Entfeßlungstricks, die hypnotischen Kräfte tibetanischer Mystiker und Illusionen, wie Thurston und Blackstone sie erzeugten, würden diesem Protagonisten einen unbegrenzten Spielraum bei überraschenden Situationen geben, ohne daß er dabei an Glaubwürdigkeit verlor.« Walter Gibson ersann also einen Helden, der seinen Widersachern vorgaukeln konnte, er sei gar nicht vorhanden, der mit

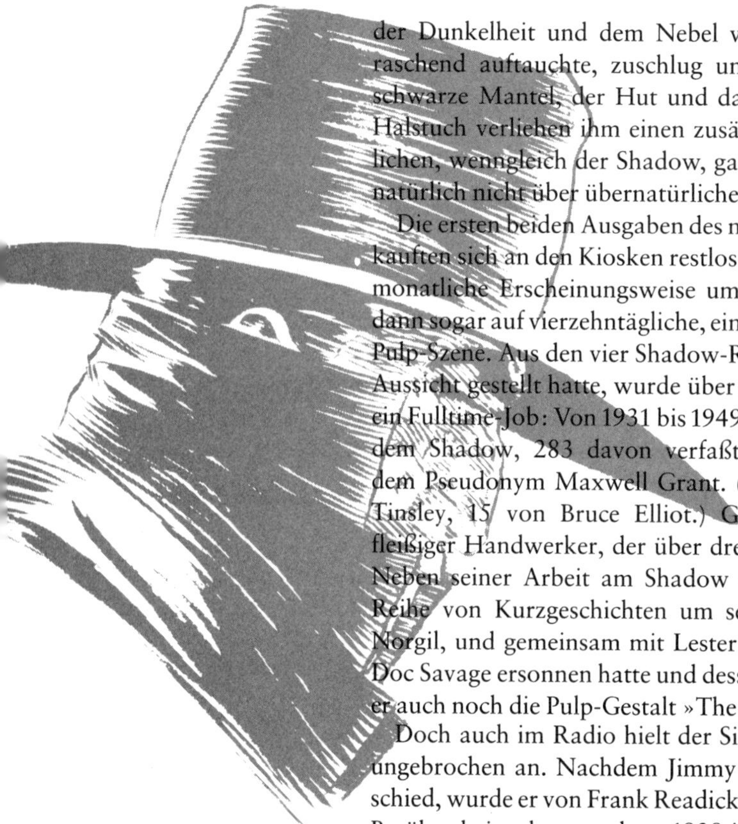

der Dunkelheit und dem Nebel verschmolz und völlig überraschend auftauchte, zuschlug und wieder verschwand. Der schwarze Mantel, der Hut und das über den Mund gezogene Halstuch verliehen ihm einen zusätzlichen Hauch des Bedrohlichen, wenngleich der Shadow, ganz im Rahmen der Vorgabe, natürlich nicht über übernatürliche Kräfte verfügte.

Die ersten beiden Ausgaben des neuen Shadow-Magazins verkauften sich an den Kiosken restlos aus; das Magazin wurde auf monatliche Erscheinungsweise umgestellt und ein Jahr später dann sogar auf vierzehntägliche, ein einmaliges Phänomen in der Pulp-Szene. Aus den vier Shadow-Romanen, die man Gibson in Aussicht gestellt hatte, wurde über fast zwei Jahrzehnte hinweg ein Fulltime-Job: Von 1931 bis 1949 erschienen 325 Romane mit dem Shadow, 283 davon verfaßt von Walter Gibson unter dem Pseudonym Maxwell Grant. (27 stammen von Theodore Tinsley, 15 von Bruce Elliot.) Gibson war ein unglaublich fleißiger Handwerker, der über dreißig Seiten pro Tag schrieb. Neben seiner Arbeit am Shadow verfaßte er auch noch eine Reihe von Kurzgeschichten um seinen Magier und Detektiv Norgil, und gemeinsam mit Lester Dent (der den Pulp-Helden Doc Savage ersonnen hatte und dessen Abenteuer schrieb) schuf er auch noch die Pulp-Gestalt »The Avenger«.

Doch auch im Radio hielt der Siegeszug des Shadow vorerst ungebrochen an. Nachdem Jimmy La Curto als Sprecher ausschied, wurde er von Frank Readick jr. ersetzt, der eine nationale Berühmtheit erlangte, als er 1938 in Orson Welles' Rundfunkfassung von H. G. Wells' »Krieg der Welten« den Reporter Carl Phillips sprach. Nachdem der Verlag die Popularität des neuen Helden ausnutzen wollte, indem er ihn auch – und diese Entscheidung hat wohl ein alles andere als kluger Kopf getroffen! – in »Street & Smith's Love Story Hour« auftreten ließ, bekam er im Oktober 1932 bei NBC seine eigene Sendung. Nach einer kurzzeitigen Unterbrechung – der Verlag Street & Smith und der Sender waren unterschiedlicher Auffassung, wie ihre Figur richtig zu präsentieren sei – übernahm Orson Welles 1937 bis 1938 die Rolle. Die Sprecher des Shadow sollten noch mehrmals wechseln, doch die Popularität der Sendung hielt an bis in die fünfziger Jahre, als das Fernsehen allmählich die Radio-Serials verdrängte. Als dann noch die Firma Blue Coal, der Sponsor, der die Rundfunksendung durch regelmäßige Werbung finanzierte, unter dem Einbruch des Anthrazitmarktes zu leiden hatte, war das Schicksal des phantomhaften Rächers endgültig besiegelt. Am 26. Dezember 1954 wurde die letzte Folge der Serie ausgestrahlt.

Wie eine Reihe ähnlicher Helden auch hielt der Shadow seine wahre Identität vor der (Unter-)Welt geheim. Im allgemeinen gilt er als das *alter ego* des reichen Salonlöwen Lamont Cranston, doch das ist nur bedingt richtig. Der Shadow hat die Cranston-Identität nur angenommen, um ihre Möglichkeiten für sich zu nutzen. Jahrelang machte Gibson aus der wahren Identität des Helden ein Geheimnis und ließ sich in den Magazin-Ausgaben nur zu verschwommenen Andeutungen hinreißen, bevor er 1937 enthüllte, daß der Shadow in Wirklichkeit der berühmte Flieger

Kent Allard war, der im I. Weltkrieg schon unter dem Kodenamen Dark Eagle in Deutschland tätig war. Und der Shadow steht in seinem Kampf gegen die Unterwelt natürlich nicht allein da und kann sich auf die Unterstützung einer ganzen Reihe treuer Helfer verlassen.

Margo Lane zum Beispiel lernte den echten Lamont Cranston auf einer Karibikkreuzfahrt kennen und kurz darauf den sich als Cranston ausgebenden Shadow lieben. Dem Taxifahrer Moe Shrevnitz – für seine Freunde Shrevvy – rettete der Shadow das Leben; aus Dankbarkeit schloß Moe sich ihm an. Ebenso wiederfuhr es Harry Vincent, den der Shadow aus den Klauen eines Phantoms befreite. Der geheimnisvolle Burbank ist sozusagen die Schaltzentrale des Shadow, der alle Aktivitäten des Helden und seiner Helfer koordiniert.

Weitere Agenten des Shadow – die in der vorliegenden Ausgabe nicht auftreten – waren u. a. der Reporter Clyde Burke, der Investmentberater Rutledge Mann, der unschuldig verurteilte Knastbruder Cliff Marsland und der Arzt Rupert Sayre. Die Welt des Shadow war kontrastreich schwarzweiß gezeichnet: Auf der einen Seite der Held und seine Mitarbeiter, auf der anderen Seite die Unterwelt (einschließlich einiger immer wieder auftretender, nahezu übermächtiger Schurken). Nicht zu unterschätzen ist der Einfluß, den der Shadow als geheimnisvoller, maskierter Vigilant, der nur für das Recht und gegen das Unrecht eintritt und sich herzlich wenig an die Vorschriften des Gesetzes hält, auf das gesamte Genre genommen hat. Er muß als Ahnherr zahlreicher (maskierter und unmaskierter) Kämpfer gegen das Verbrechen gelten, deren Spur sich bis in die jüngste Gegenwart zurückverfolgen läßt. Ob sie nun Batman, Equalizer oder auch Mike Hammer heißen – in allen findet sich etwas vom Shadow wieder. Gerade die Verwandtschaft zu Batman ist augenscheinlich; nicht nur durch die Verkleidung und Arbeitsmethoden seines bekannten Kollegen: schon lange, bevor Frank Miller für Batman den Begriff »The Dark Knight« – »Der dunkle Ritter« – einführte, war der Shadow als »darknight detective« bekannt, eine phonetische Übereinstimmung, die tief blicken läßt.

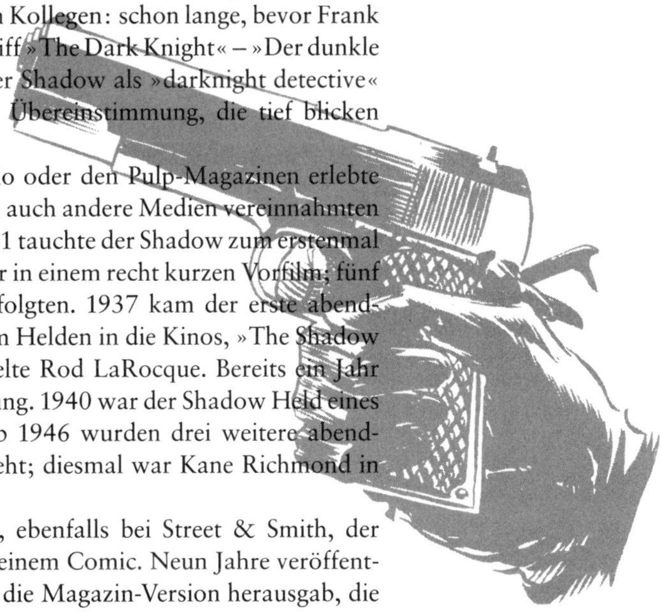

Doch nicht nur im Radio oder den Pulp-Magazinen erlebte der Shadow seine Auftritte, auch andere Medien vereinnahmten ihn sehr schnell. Bereits 1931 tauchte der Shadow zum erstenmal im Kino auf, wenn auch nur in einem recht kurzen Vorfilm; fünf weitere solcher Episoden folgten. 1937 kam der erste abendfüllende Hauptfilm mit dem Helden in die Kinos, »The Shadow Strikes«; die Titelrolle spielte Rod LaRocque. Bereits ein Jahr darauf folgte eine Fortsetzung. 1940 war der Shadow Held eines fünfzehnteiligen Serials, ab 1946 wurden drei weitere abendfüllende Spielfilme abgedreht; diesmal war Kane Richmond in der Titelrolle zu sehen.

Im März 1940 erschien, ebenfalls bei Street & Smith, der Shadow zum erstenmal in einem Comic. Neun Jahre veröffentlichte der Verlag, der auch die Magazin-Version herausgab, die Comic-Fassung (über einhundertfünfzig der Szenarios stammen übrigens von Walter Gibson). Der Shadow kämpfte in seinem

Comic-Magazin allerdings nicht allein gegen das Böse: Andere bekannte Helden aus den Pulps, darunter Doc Savage, The Avenger und Nick Carter, wurden ihm in (voneinander unabhängigen) Zweitgeschichten an die Seite gestellt.

1964 versuchte der Verlag Archie Comics, den Helden neu aufleben zu lassen. Seine Shadow-Version hatte allerdings kaum noch etwas mit der von Walter Gibson entworfenen Gestalt gemeinsam: Mit einem grellbunten Kostüm versuchte man, ihn zum Superhelden umzumodeln. Nach acht Ausgaben wurde die Serie sang- und klanglos eingestellt.

1973 dann versuchte der Verlag DC einen neuen Start mit den in diesem Band vorliegenden Geschichten. Der Texter Dennis O'Neil, 1939 in Missouri geboren, hatte zahlreiche Serien für amerikanische Verlage geschrieben und großes Aufsehen mit seinen sozialkritischen Szenarios für die Serie *Green Lantern/ Green Arrow* erregt. Der Zeichner Mike Kaluta, 1947 in Guatemala geboren, gehörte zu jener Riege junger Künstler wie Berni Wrightson (dessen zehn Ausgaben von *Swamp Thing – Das Ding aus den Sümpfen* komplett in der Edition comicArt vorliegen) oder Barry Smith (der mit seiner Adaption des *Sword and Sorcery*-Helden Conan berühmt wurde), die Anfang der siebziger Jahre eine grundlegende Innovation der amerikanischen Comic-Szene herbeiführten. Die in diesem Band gesammelt vorliegenden fünf Shadow-Ausgaben von O'Neil und Kaluta bekamen von der Kritik höchstes Lob zugesprochen: »Die Storys waren als gekonnt inszenierte Mysterys ein wenig den Batman-Geschichten nachempfunden und spielten in den nächtlichen Straßen der Großstadt der dreißiger Jahre«, schrieben Will Jacobs und Gerard Jones in ihrem Sekundärwerk »The Comic Book Heroes«. »Doch der Höhepunkt der Serie waren die atmosphärischen, stilisierten Zeichnungen von Mike Kaluta. Jedes einzelne Bild mutet wie ein Gemälde an und ruft Erinnerungen an die unheimlichen, atemberaubenden Titelbilder der Pulps wach. Die vordergründigen Details seiner Zeichnungen sind historisch genau, doch er erhöhte die bloße Genauigkeit durch ornamentale Darstellungen, die das Flair jener Zeit einfangen. Seine schrägen Winkel und dramatischen Schatten erinnern an die Meisterwerke des *Film noir* dieser Epoche.«

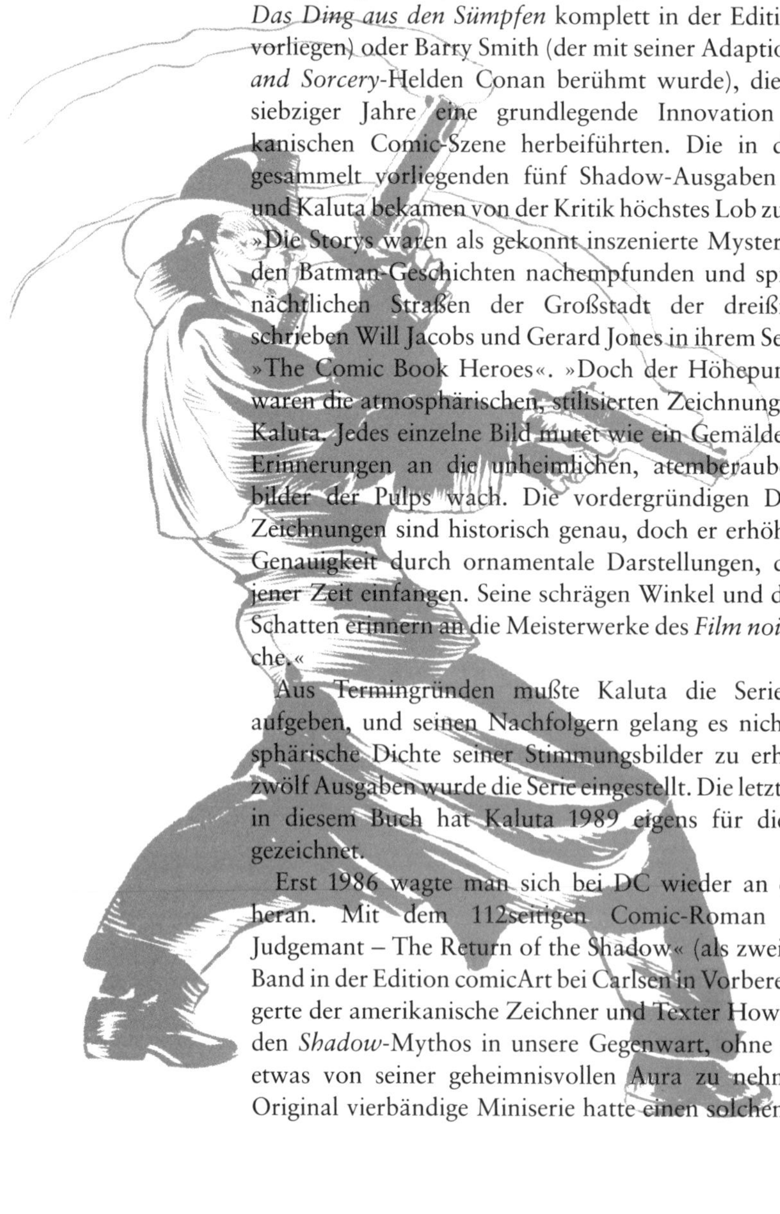

Aus Termingründen mußte Kaluta die Serie schließlich aufgeben, und seinen Nachfolgern gelang es nicht, die atmosphärische Dichte seiner Stimmungsbilder zu erhalten. Nach zwölf Ausgaben wurde die Serie eingestellt. Die letzte Geschichte in diesem Buch hat Kaluta 1989 eigens für diese Ausgabe gezeichnet.

Erst 1986 wagte man sich bei DC wieder an den Shadow heran. Mit dem 112seitigen Comic-Roman »Blood & Judgemant – The Return of the Shadow« (als zweiter *Shadow*-Band in der Edition comicArt bei Carlsen in Vorbereitung) verlagerte der amerikanische Zeichner und Texter Howard Chaykin den *Shadow*-Mythos in unsere Gegenwart, ohne dem Helden etwas von seiner geheimnisvollen Aura zu nehmen. Die im Original vierbändige Miniserie hatte einen solchen Erfolg, daß der Verlag kurz darauf eine monatlich erscheinende Shadow-Serie lancierte. Allerdings verlagerte man das Geschehen schnell wieder in das New York der dreißiger und vierziger Jahre zurück.

Überhaupt erlebt The Shadow zur Zeit wieder eine Renaissance. Walter Gibson schrieb einige neue *Shadow*-Storys, und seit einiger Zeit erscheinen Nachdrucke der *Shadow*-Romane aus den Pulps im Taschenbuch. Und die Produzenten Bob Gale und Robert Zemeckis, die als Drehbuchautor und Regisseur mit »Back to the Future« einen gewaltigen Erfolg landen konnten, haben den Shadow für einen abendfüllenden Spielfilm der Universal Pictures unter Option genommen.

Diesen Film wird Walter Brown Gibson, der mit dem Shadow in die Annalen der amerikanischen Kriminal-Literatur einging, allerdings nicht mehr sehen können. Walter Gibson, am 12. September 1897 in Germantown in Pennsylvania geboren, starb am 6. Dezember 1985; die Fama will wissen, daß die Seiten eines neuen, nicht mehr vollendeten Romans um den Shadow noch in seiner Schreibmaschine steckten.

UWE ANTON

The Shadow
ER WIRD VON ALLEN GEFÜRCHTET, DIE DAS GESETZ ÜBERTRETEN UND BÖSES PLANEN. ER KOMMT AUS DEM NICHTS UND VERSCHMILZT WIEDER MIT DEN SCHATTEN...
ER HANDELT SCHNELL UND KONSEQUENT IM NAMEN DER GERECHTIGKEIT.
MIT EINEM GELÄCHTER, DAS EINEM DAS BLUT IN DEN ADERN GEFRIEREN LÄSST, FÜHRT ER SEINE TREUEN HELFER IN DEN KAMPF GEGEN DAS BÖSE.
DOCH NUN MUSS ER GEGEN DIE UHR ANKÄMPFEN, UM EIN RÄTSEL ZU LÖSEN...
„DAS RÄTSEL DES VERDERBENS“

AM HAFEN VON BROOKLYN IST NACHTS DIE FEUCH-TE LUFT SO KALT WIE DIE FINGER DES TODES.
IN DER FERNE KLAGT EIN NEBEL-HORN. ODER WAR ES DER SCHREI EINER VERLORE-NEN, VERDAMMTEN SEELE?
DAS MEER SCHLÄGT GEGEN DIE PIERE.
BIS AUF EIN EIN-ZIGES ERHELLTES FENSTER IN EINEM URALTEN LAGER-HAUS IST ALLES DUNKEL.
HINTER DEM GELB LEUCHTENDEN GLAS ERKLINGEN BARSCHE STIMMEN, DENEN EIN VERMUMMTER ZUHÖRER LAUSCHT.
ERST DIE MÄUSE, ODER IHR KRIEGT DIE NACHRICHT NICHT!
ICH SOLLTE DIR BLEI ZWISCHEN DIE AUGEN GEBEN! ABER NIMM DEIN STIN-KENDES GELD...
...UND LIEFERE!
HE? WAS IST DAS?
HA HA HA HA HA HA HA
DIESES GELÄCHTER... WIE EIS!
HA HA HA HA HA HA HA HA HA
ES GIBT NUR EINEN, DER SO LACHT ... ABER DER KANN'S NICHT SEIN!

MEINT IHR DEN...
...SHADOW!?!
GEBT IHR MIR DEN ZETTEL FREI-WILLIG?
WORAUF WARTEN WIR? SCHIESST!
BAM BAM POW
DOCH BEVOR DIE KUGELN IHR ZIEL FINDEN KÖNNEN, IST ER VERSCHWUNDEN...
...UND TAUCHT IN EINER ANDEREN ECKE WIEDER AUF, IN JEDER HAND EINE BELLENDE AUTOMATIK...
BLAM BLAM BLAM
ICH HAU AB...!
UNNGH
DAS GELÄCHTER IST EIN KALTES SCHNAUBEN! GEGEN SEINEN WILLEN BLEIBT DER GANGSTER STE-HEN, FÜHLT EINE EISERNE HAND IM NACKEN UND...
HA H HA
HA HA HA
...STÜRZT IN DIE DUNKELHEIT!
YAAAAAAA
SEINE LEBLOSEN FINGER UM-KLAMMERN DIE NACHRICHT...

EINE DUNKLE GESTALT SCHÄLT SICH AUS DEM NE - BEL UND STEIGT IN EIN TAXI ...
TAXI
ICH HÖRTE **SCHÜSSE! ÄRGER**, BOSS ?
NUR DAS **ÜBLICHE**, SHREVVY!
HAST DU, WAS DU **SUCHTEST?**
ALLERDINGS, MARGO. EINE **NACHRICHT!**
An alle Betroffenen: Flaggen und Gewehre gleichermaßen sollten kommen per Land, Wasser und Luft. Zehn starben auf Straßen und auch gegenüber von meinem Haus.
ABER ... DAS IST DOCH EIN VÖLLIG **SINNLOSES** PAMPHLET!
GANZ IM **GEGENTEIL**, MARGO. ES IST EIN **KODE** ... UND DER ERSTE TEIL DES **RÄTSELS!**
ZUM **COBALT CLUB**, SHREVVY!
DA DIE ANREDE AUS DREI WÖRTERN BESTEHT, MUSS MAN JEDES DRITTE WORT LESEN: »GEWEHRE/KOMMEN/WASSER/ZEHN/STRASSEN/GEGENÜBER/HAUS«
EINE STUNDE SPÄTER VERLÄSST DIE SCHÖNE **MARGO LANE** IM HERZEN MANHATTANS DAS TA - XI, BEGLEITET VON EINEM ELEGANTEN HERRN, DER ALS **LAMONT CRANSTON** BEKANNT IST.
GEH SCHON VOR, MARGO. ICH KOMME GLEICH!
NATÜRLICH, LAMONT.
IM FOYER DES **EXKLUSIVSTEN** CLUBS DER STADT WÄHLT CRANSTON EINE NUMMER, DIE IN KEINEM TELEFONBUCH STEHT.
IRGENDWO IN DER STADT ANTWORTET EINE HEISERE STIMME ...
HIER **BURBANK.**

WIR HABEN'S! HARRY VINCENT SOLL ZUR ECKE WATER UND TENTH STREET GEHEN.
ER SOLL DIE AUGEN AUFHALTEN UND SICH UM MITTERNACHT MELDEN!
ALS CRANSTON ZU SEINEM TISCH GEHT, ENTLOCKT IHM DIE BEMERKUNG EINES CLUBMITGLIEDS EIN LÄCHELN ...
... VIELLEICHT EIN GANGSTERTREFFEN! DIE POLIZEI HAT JEDE MENGE SCHLÄGER VON AUSSERHALB IN DER STADT ENTDECKT ...
UND IM OBERSTEN STOCK EINES HAUSES, DAS EINEM GEWISSEN HARRY VINCENT GEHÖRT ...
HARRY, SCHENK MIR DOCH NOCH EIN GLAS EIN ...
TUT MIR LEID, ENGELCHEN, DAS WAR GESCHÄFTLICH. ICH MUSS WEG!
FÜHL DICH RUHIG WIE ZU HAUSE ... ABER NICHT ZU LANGE!
HARRY, DU EKEL ...
UND ...
WATER
TENTH
ECKE WATER UND TENTH STREET ... ABER HIER IST ...
... ALLES RUHIG.
WAS HAT DER BOSS NUR WIEDER VOR?
POLICE
OHA ... EIN POLIZEIWAGEN ... WAHRSCHEINLICH MIT EINER LADUNG KNACKIS!

PLÖTZLICH BELLT EIN MASCHI-NENGEWEHR LOS ...
BLAT-TA TCHOW!
EIN REIFEN PLATZT ...
SCREEEEEEEEE
MASKIERTE MIT THOMPSON-MPs STÜRMEN AUS IHREN VERSTECKEN AUF DEN LIEGENGEBLIEBENEN WAGEN ZU ...
KA-RAASH!
POLICE
EIN AUSBRUCH! DIE BURSCHEN MIT DEN BLEISPRITZEN WOLLEN DIE GEFANGENEN BEFREIEN!
ABER ICH BIN AUCH NOCH DA!
POCKAPOCK
BLAMM
BUDDARUP

KURZ DARAUF ...
BOSS... ÄH ... MISTER CRANSTON!
IMMER MIT DER RUHE, SHREVVY! WAS IST LOS?
ICH HAB HARRY AN DER ECKE ZEHNTE UND WATER RÜCKENDEKKUNG GEGEBEN, UND EIN PAAR ...
...AUSBRECHER HABEN IHN SICH GESCHNAPPT!
ICH WAR ZU WEIT WEG ... KONNTE SIE NUR NOCH NACH LONG ISLAND VERFOLGEN ...
ERZÄHL MIR DEN REST UNTERWEGS!
MARGO, DU FÄHRST ZUM HAUPTQUARTIER!
KURZ NACH MITTERNACHT IN EINEM WÄLDCHEN ...
DU HAS' KEINE MARKE, BIS' ALSO KEIN BULLE! RAUS DAMIT, WER BISSE?
SING, KLEINES VÖGELCHEN!
KLAR, ICH REDE...
ICH BIN DER LIEBE OSTERHASE ... UNNGH!
DER IS' BOCKIG!
ABER WIR ÜBERREDEN IHN SCHON!
PSST ... HÖRSTE DAS AUCH?
HA HA HA HA
HA HA HA HA HA
GELÄCHTER! ...ES KOMMT VON ÜBERALL!

HA HA HA HA HA
AAAGH!
DAS NENN ICH SAUBERE ARBEIT, BOSS! DU HAST NICHT MAL DEINE WAFFEN GEZOGEN!
FÜR DIE BEIDEN? SEIT WANN SCHIESSEN WIR DENN MIT KANONEN AUF SPATZEN?
ICH NEHM DEN HIER MIT INS LABOR. BRING DEN ANDEREN ZUR POLIZEI!
OKAY!
MIT SCHRECKLICHER ANGST ERWACHT DER STROLCH UND FINDET SICH SCHEINBAR IN EINEM RIESIGEN OVAL AUS BLAUEM LICHT WIEDER!
ER SIEHT WEDER WÄNDE NOCH DECKE ... HÖRT NICHTS ...
...BIS AUF EINEN BEFEHL...
SIEH IN MEINEN RING... MEINEN FEUEROPAL!
DIE FEURIGEN TIEFEN VERSCHLINGEN DICH! DEIN WILLE SCHMILZT WIE SCHNEE IN DER SONNE...
DU WIRST MIR GEHORCHEN!
J-JA...

SPRICH! SAG MIR ALLES!
VOR SECHS MONATEN ... PLÄNE FÜR EIN NEUES SCHIFF DER NAVY GESTOHLEN ...
HEUTE ... GEFANGENE BEFREIT...
UND DER NAME VON DEINEM BOSS?
WEISS NICHT... ANWEISUNGEN UND GELD PER POST ... KODIERT... MORGEN ABEND NEUER JOB ...
... UM ELF ...
SCHLAF! DU WACHST HINTER GITTERN AUF ...
DU HAST NICHT VIEL VON IHM ERFAHREN, WAS?
O DOCH, MARGO.
ZWEI WEITERE TEILE UNSERES RÄTSELS! ES ERGIBT FAST SCHON SINN!
UND ICH HABE EINEN DRITTEN TEIL! UNTER DEN BEFREITEN GEFANGENEN WAR EIN KAPITÄN!
EIN HEER VON GANGSTERN ... GESTOHLENE SCHIFFSPLÄNE ... EIN SEEMANN! DAS MUSTER FÜGT SICH ZUSAMMEN!
BURBANK, RUF SHREVVY AN. ICH HABE ANWEISUNGEN FÜR IHN.

AM NÄCHSTEN TAG BESUCHT LAMONT CRANSTON DIE WALL STREET...
SECOND · NATIONAL · BANK
...UND TRIFFT BANKIER OSGOOD BAMBER.
LAMONT! MACHEN SIE SICH SORGEN UM IHRE INVESTITIONEN?
KEINESWEGS, OSGOOD. DIE SIND BEI IHNEN SICHER. NEIN, ICH WAR GERADE IN DER NÄHE...
EHRLICH GESAGT, ICH WOLLTE VON IHNEN WAS ERFAHREN! ICH HABE AUF DER STRASSE GERÜCHTE ÜBER EIN GROSSES DING GEHÖRT...
TJA, TJA, MEIN JUNGE. ABER ES BESTEHT KEIN GRUND ZUR BESORGNIS!
WIR BRINGEN DEMNÄCHST ALTE SCHEINE NACH WASHINGTON... SCHEINE...
...DIE WIEDER EINGEZOGEN WERDEN.
ICH ÜBERWACHE DEN TRANSPORT SELBST...
EINE GROSSE VERSUCHUNG... FÜR EINEN DIEB! ODER?
ACH WAS!
UNSERE PANZERWAGEN WERDEN VON EINEM MILITÄRKONVOI BEGLEITET...
...UND NUR DIE JUNGS IN WASHINGTON UND ICH KENNEN DEN GENAUEN WEG!

NEIN, DAS GELD IST VÖLLIG **SICHER!**
WAR NETT, MIT IHNEN ZU PLAUDERN, OSGOOD!
TAX
WAS **ERFAHREN**, BOSS?
DEN **LETZTEN** TEIL DES RÄTSELS, SHREVVY!
ZUM **HAUPTQUARTIER ... SCHNELL!** WIR HABEN NOCH VIEL ZU TUN ...
AN DIESEM KÜHLEN FRÜHLINGSABEND SENKT SICH DIE DUNKELHEIT GANZ PLÖTZLICH, ALS HÄTTE EINE RIESIGE HAND DEM TAG DAS LICHT ENTRISSEN. DOCH ES HERRSCHT ...
... REGE BETRIEBSAMKEIT IN MANHATTAN, ALS UNTER DEN WACHSAMEN AUGEN **OSGOOD BAMBERS** EINE KOMPANIE SOLDATEN EINE MILLION DOLLAR IN ABGEGRIFFENEN SCHEINEN VERLÄDT.
DANN BRECHEN SIE ZUM **SCHATZAMT** IN DER HAUPTSTADT AUF ...
DOCH AUCH **ANDERE** MENSCHEN SIND NOCH WACH ...
SIE MÜSSTEN IN EIN PAAR MINUTEN HIER SEIN! BEREITET EUCH VOR!

HABT IHR DIE DYNAMITLADUNGEN ANGEBRACHT?
JA! SOBALD SIE AUF DER MITTE DER BRÜCKE SIND...
... DRÜCKE ICH AUF DEN KNOPF, UND... RUMMS!... LANDEN SIE IM FLUSS!
HOFFENTLICH KÖNNEN SIE AUCH SCHWIMMEN!
HE... SIEH MAL!
WAS IST DAS?
EIN FLUGZEUG?
NEE... EIN AUTOGIRO, DU TROTTEL! KANN SENKRECHT LANDEN...
...UND WIE EIN NORMALES FLUGZEUG FLIEGEN!
EGAL, WAS ES IST... ES BEDEUTET ÄRGER!
DANN FÜTTERN WIR ES DOCH MIT BLEI, UND...
HÄNDE HOCH!

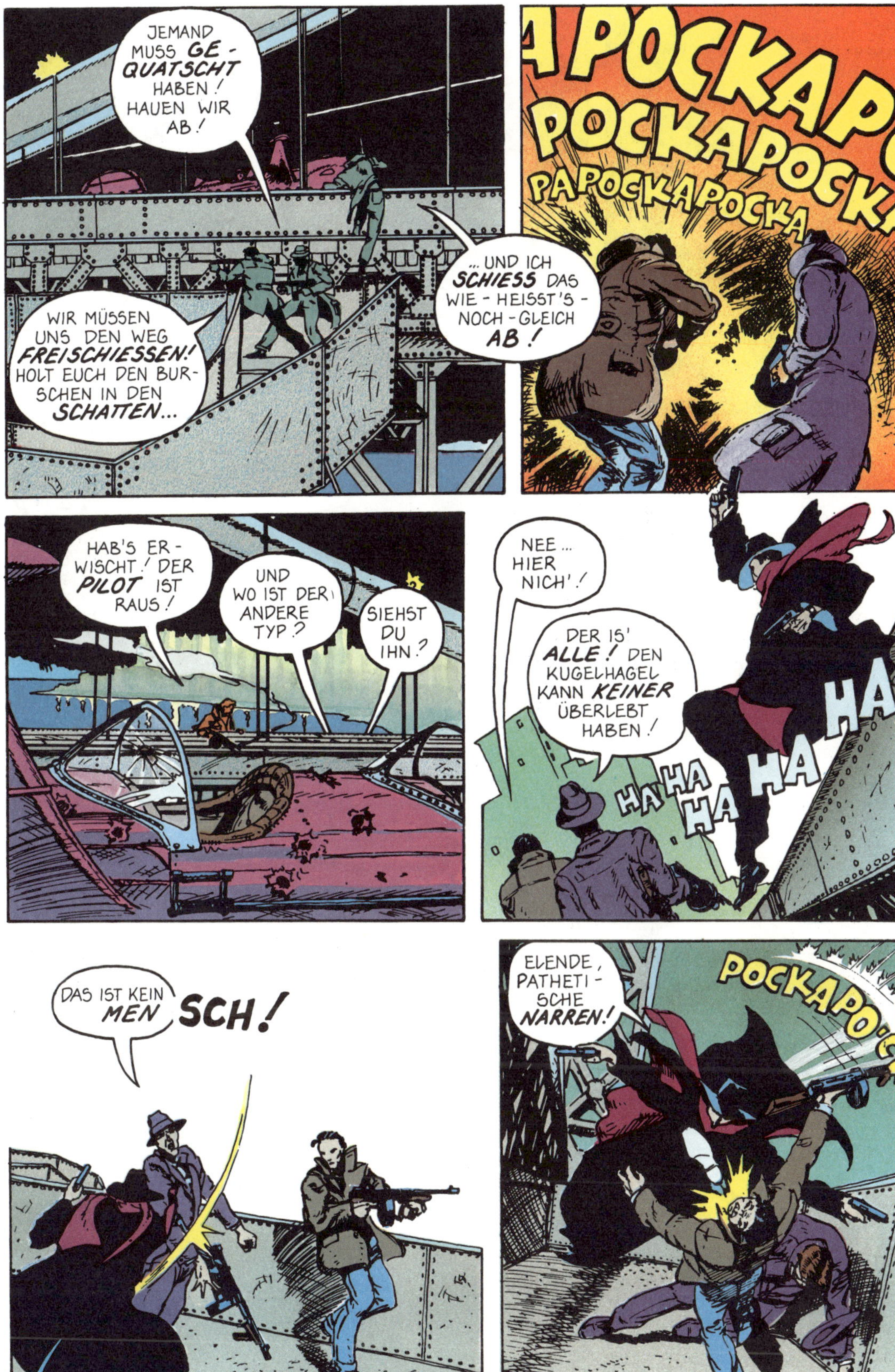
JEMAND MUSS GE-QUATSCHT HABEN! HAUEN WIR AB!
... UND ICH SCHIESS DAS WIE-HEISST'S-NOCH-GLEICH AB!
WIR MÜSSEN UNS DEN WEG FREISCHIESSEN! HOLT EUCH DEN BURSCHEN IN DEN SCHATTEN...
APOCKAPOCKAPO
POCKAPOCKAPOCKA
PAPOCKAPOCKA
HAB'S ERWISCHT! DER PILOT IST RAUS!
UND WO IST DER ANDERE TYP?
SIEHST DU IHN?
NEE... HIER NICH'!
DER IS' ALLE! DEN KUGELHAGEL KANN KEINER ÜBERLEBT HABEN!
HAHAHAHAHAHA
DAS IST KEIN MEN SCH!
ELENDE, PATHETISCHE NARREN!
POCKAPO-CK

DIE VIELLEICHT... ABER ICH NICHT! ICH BIN HIER DRÜBEN... WO DU MICH NICHT ERWISCHEN KANNST!
AAAGH! MEINE SCHULTER!
KRAK
GUTER SCHUSS... WENN AUCH ÜBERFLÜSSIG! ICH HÄTTE IHM DIE MP AUS DEN HÄNDEN SCHIESSEN KÖNNEN!
NA JA... ICH BRAUCHTE ÜBUNG.
SIND WIR HIER FERTIG, SHADOW?
NEIN! DAS WAREN KLEINE FISCHE. UNSERE EIGENTLICHE AUFGABE LIEGT NOCH VOR UNS...
WIESO? DER KONVOI IST DOCH SCHON AUF DER BRÜCKE!

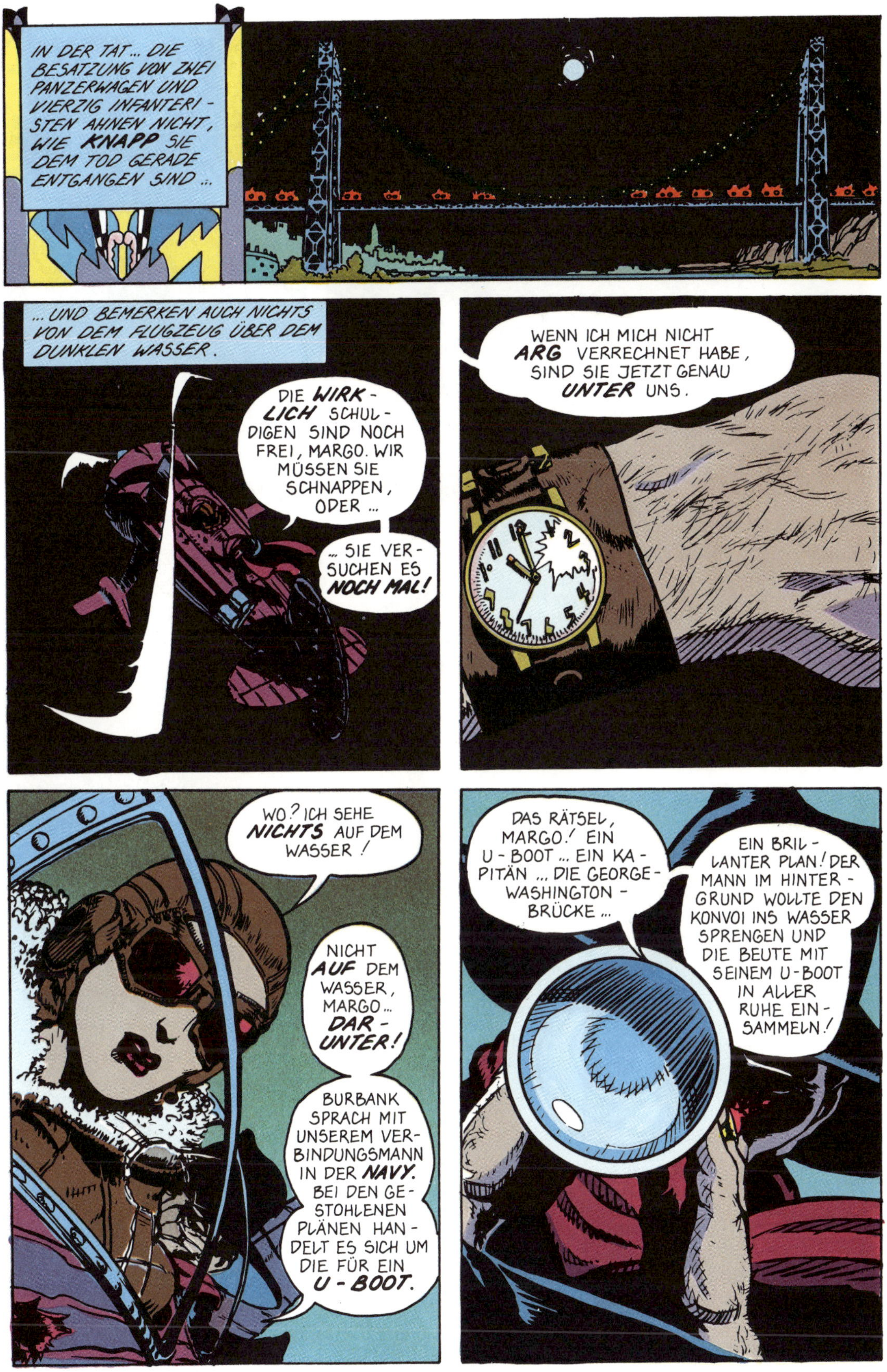
IN DER TAT ... DIE BESATZUNG VON ZWEI PANZERWAGEN UND VIERZIG INFANTERI- STEN AHNEN NICHT, WIE KNAPP SIE DEM TOD GERADE ENTGANGEN SIND ...
... UND BEMERKEN AUCH NICHTS VON DEM FLUGZEUG ÜBER DEM DUNKLEN WASSER.
DIE WIRK- LICH SCHUL- DIGEN SIND NOCH FREI, MARGO. WIR MÜSSEN SIE SCHNAPPEN, ODER ...
... SIE VER- SUCHEN ES NOCH MAL!
WENN ICH MICH NICHT ARG VERRECHNET HABE, SIND SIE JETZT GENAU UNTER UNS.
WO? ICH SEHE NICHTS AUF DEM WASSER!
NICHT AUF DEM WASSER, MARGO ... DAR- UNTER!
BURBANK SPRACH MIT UNSEREM VER- BINDUNGSMANN IN DER NAVY. BEI DEN GE- STOHLENEN PLÄNEN HAN- DELT ES SICH UM DIE FÜR EIN U-BOOT.
DAS RÄTSEL, MARGO! EIN U-BOOT ... EIN KA- PITÄN ... DIE GEORGE- WASHINGTON- BRÜCKE ...
EIN BRIL- LANTER PLAN! DER MANN IM HINTER- GRUND WOLLTE DEN KONVOI INS WASSER SPRENGEN UND DIE BEUTE MIT SEINEM U-BOOT IN ALLER RUHE EIN- SAMMELN!

DA IST ES JA AUCH SCHON! DORT, MARGO, IM MONDLICHT...
EIN PERISKOP, MIT DEM DIE IM U-BOOT NACH IHRER BEUTE AUSSCHAU HALTEN!
ABER DIESMAL SIND SIE SELBST DIE BEUTE! NIMM DEN STEUERKNÜPPEL...
... UND ICH WERFE DIE WASSERBOMBEN AB!
DIE TÖDLICHEN KANISTER STÜRZEN HINAB, REISSEN DIE OBERFLÄCHE DES RUHIGEN HUDSON AUF...
... UND NACH EIN PAAR SEKUNDEN EXPLODIEREN MEHRERE HUNDERT PFUND SPRENGSTOFF UND SCHIESSEN EINE FONTÄNE HINAUF!
KA-WHUMP

ZISCHEND UND GURGELND TAUCHT DAS U-BOOT LANGSAM AUF, UND EIN BENOMMENER KANONIER KLETTERT AUF DAS DECK...

... DIE RACHE DES SHADOW!
SCHNELL... DA KOMMT SCHON EIN POLIZEI-BOOT!
BURBANK HAT SIE BENACHRICHTIGT!
DAS ENDE EINES ERFOLGREICHEN TAGES, NICHT WAHR? DIE GANZE BANDE...
NICHT DIE GANZE, MARGO! WIR HABEN DIE HANDLANGER ERWISCHT...
ABER DER KOPF... DER BOSS... IST NOCH FREI!
ABER NICHT MEHR LANGE?
NICHT MEHR LANGE...

IN DER LETZTEN DUNKELHEIT VOR DER DÄMMERUNG EILT EIN MANN AUS SEINEM PRACHTVOLLEN HAUS, IN DER HAND EINE SCHNELL ZUSAMMENGEPACKTE TASCHE...
TAXI! TAXI!
WOHIN, MAC?
ZUM BAHNHOF! SCHNELL! ICH MUSS DEN FÜNF-UHR-ZUG ERWISCHEN!
AUF DER FLUCHT VOR IHREN BÖSEN TATEN, OSGOOD BAMBER? AUF DER FLUCHT VOR RAUB... UND MORD?
W-WOHER WISSEN SIE...
SIE HABEN LAMONT CRANSTON GESAGT, DASS NUR SIE DEN WEG DES GELDTRANSPORTES KENNEN... UND DIE ZEIT!
SIE WUSSTEN DAS SCHON VOR EINEM HALBEN JAHR, ALS SIE DIE U-BOOT-PLÄNE STEHLEN LIESSEN!
ALSO HABEN SIE DEN RAUBÜBERFALL ANGEZETTELT!
WER... SIND SIE?
JEMAND, DER KLEINE, GIERIGE GESCHÖPFE WIE SIE VERABSCHEUT...

ICH LASSE MIR NICHT DEN PROZESS MACHEN! HÄNDE HOCH!
VERBRECHEN TRÄGT BITTERE FRÜCHTE ...
... UND ZAHLT SICH ...
AAGH!
BLAM
... NIEMALS AUS!
HA HA HA HA HA HA HA HA HA HA HA
DER SHADOW WEISS ES!

The Shadow
INMITTEN DES FARBENPRÄCHTIGEN JAHRMARKTS TREIBT DER HARLEKIN SEIN TÖDLICHES SPIEL! WER IST DER MÖRDER IN DER LUSTIGEN VERKLEIDUNG?
BENZARE... DER AUFBRAUSENDE MESSERWERFER?
SPIDORA... KÖRPER EINES INSEKTS, KOPF EINER SCHÖNEN FRAU?
NICCO... DER KETTENRAUCHER?
DAMON und PYTHIAS... DIE UNZERTRENNLICHEN ZWILLINGE?
ALHAMBRA... DIE SCHLANGENTÄNZERIN?
PANCHINI... VERBIRGT DAS KOSTÜM SEINE TÄTOWIERUNGEN?
AJAX...
IST ER WIRKLICH SO VERRÜCKT?
POP SORBER... DER BOSS IN GELDNÖTEN?
NUR EIN FERNES, SPÖTTISCHES GELÄCHTER SCHEINT DEN MÖRDER ZU KENNEN!
FREAK-SHOW-MORDE

EIN EINSAMES LANDHAUS IRGENDWO IN SOUTH CAROLINA... UND EIN SCHNELLER WAGEN IN DER DUNKELHEIT...
EIN JUNGER, ATHLETISCHER MANN STEIGT AUS...
ICH BIN STEVE KILROY! MR. TREFT ERWARTET MICH!
SEHR WOHL, SIR.
UND...
MILTON TREFT? ICH HABE EINEN SCHECK ÜBER EINE MILLION DOLLAR! ER GEHÖRT IHNEN... WENN SIE LIEFERN KÖNNEN!
NATÜRLICH! DIE STATUE BESTEHT AUS REINEM ALUMIT! HEBEN SIE SIE HOCH!
ERSTAUNLICH! SIE WIEGT NUR EIN PAAR GRAMM...
...UND HAT DIE KONSISTENZ VON STAHL!
DIE FORMEL DAFÜR IST DIE MILLION WERT!
ES GIBT KEINE FORMEL, KILROY! DER MANN, DER DAS ALUMIT ERFAND, STARB, BEVOR ER SIE AUFSCHREIBEN KONNTE.
ES GIBT NUR DIESE STATUE! DOCH IHRE CHEMIKER WERDEN DAS GEHEIMNIS BESTIMMT ENTSCHLÜSSELN.

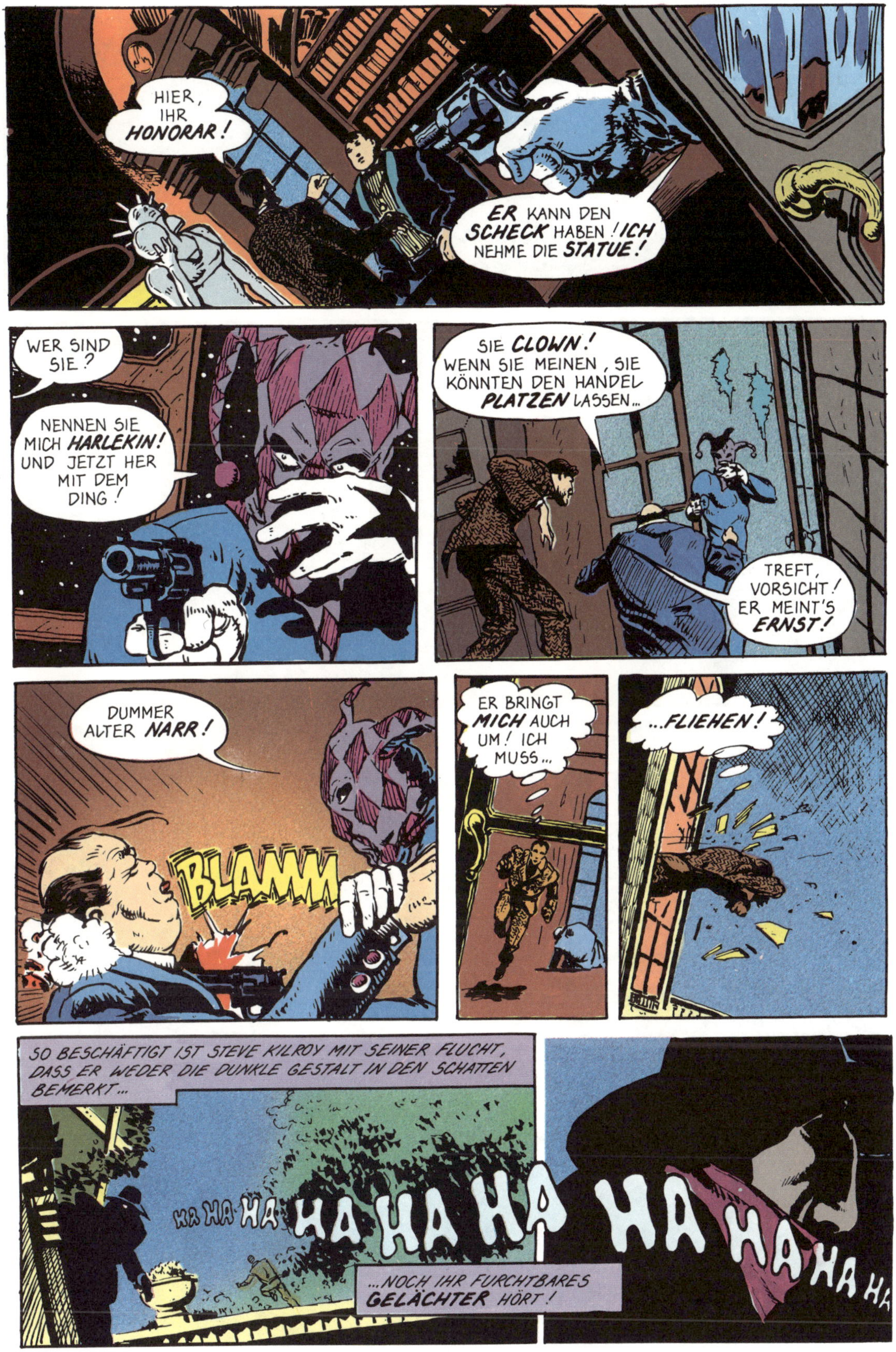
HIER, IHR HONORAR!
ER KANN DEN SCHECK HABEN! ICH NEHME DIE STATUE!
WER SIND SIE?
NENNEN SIE MICH HARLEKIN! UND JETZT HER MIT DEM DING!
SIE CLOWN! WENN SIE MEINEN, SIE KÖNNTEN DEN HANDEL PLATZEN LASSEN...
TREFT, VORSICHT! ER MEINT'S ERNST!
DUMMER ALTER NARR!
BLAMM
ER BRINGT MICH AUCH UM! ICH MUSS...
...FLIEHEN!
SO BESCHÄFTIGT IST STEVE KILROY MIT SEINER FLUCHT, DASS ER WEDER DIE DUNKLE GESTALT IN DEN SCHATTEN BEMERKT...
HA HA HA HA HA HA HA HA HA HA HA
...NOCH IHR FURCHTBARES GELÄCHTER HÖRT!

SCHNELL! DIE STATUE AUF DEN WAGEN, UND...
HA HA HA HA HA HA HA HA HA HA
W-WAS WAR DAS?
KEINE AHNUNG! ABER ES GEFÄLLT MIR NICHT!
LASST DIE WAFFEN FALLEN!
DA IST ER! KNALL IHN AB!
UNNGH!
BLAM!
VOLLER PANIK SCHIESST DER GANGSTER AUF DIE SCHWARZE GESTALT, DOCH...
BLAM BLAM
WAS...?
THUD

SOFORT VERSCHMILZT DIE TÖDLICHE GESTALT MIT DER NACHT...
HA HA HA HA HA HA HA HA HA HA
...UND KURZ DARAUF WÄHLT IN EINER IMBISSSTUBE EIN GUT GEKLEIDETER MANN EINE NUMMER, DIE IN KEINEM TELEFONBUCH STEHT.
BURBANK! ICH KAM ZU SPÄT! HAB NUR DIE KLEINEN FISCHE.
DER GROSSE IST MIT DER BEUTE ENTKOMMEN. MARGO SOLL SICH BEI SORBER'S JAHRMARKT IN TITUSVILLE EINEN JOB ANGELN.
ALLES KLAR, BOSS.
DU SOLLST...
ICH HAB'S GEHÖRT! ICH SOLL BEI EINEM JAHRMARKT ANHEUERN.
NA JA, ER WIRD WOHL SEINE GRÜNDE HABEN... WIE IMMER!
UND SO FINDET SICH MARGO LANE AM FOLGENDEN ABEND VOR EINER KLEINEN STADT IM SÜDEN WIEDER...
SORBER SHOWS
EATS

MIT ABSICHTLICH HEISERER STIMME SAGT SIE IHREN KLEINEN SPRUCH AUF ...
SIND SIE SORBER? ICH SUCH 'NEN JOB!
HAST GLÜCK, KLEINE. ICH BRAUCH 'NEN FREAK.
ÄH ... KEINE ANGST! ICH SCHNEID DIR NICHT DIE OHREN AB ODER SO ...
DU MUSST NUR DEN KOPF DURCH DIESES LOCH IM BO-DEN STECKEN ...
... UND SCHON BIST DU SPIDO-RA, DIE SPIN-NENFRAU!
KLINGT GANZ EINFACH. AB-GEMACHT, POP.
KOMM ... ICH STELL DICH VOR!
DAS IST UNSER TÄTO-WIERTER ... PANCHINI!
DIE LEBENDE KUNSTGALERIE IST SEHR ER-FREUT!
UND DAS ALHAMBRA, DIE KÖNIGIN DER SCHLANGEN. UND HINTER IHR BENZARE, DER MESSERWERFER.
WIR MÜSSEN UNS MAL UNTER-HALTEN, SCHÄTZ-CHEN ...
AUCH ICH FREUE MICH ÜBER EIN NEU-ES GESICHT... WENN AUCH...
... AUS ANDEREN GRÜNDEN!
KÜSS DIE HAND...
TOLL ... SOLANGE DU MIR VON DER WÄSCHE BLEIBST!

DIE BEIDEN SIND ERST SEIT GESTERN BEI UNS...
AJAX, DER WILDE MANN, UND NICCO, DER KETTEN-RAUCHER!
UM-GOWA!
HAB NICHT VIEL ZEIT... WIE ICH MEINE GESUNDHEIT RUINIERE!
UND DIE ATTRAKTION ... ÄH... ATTRAKTIONEN UNSERER SHOW!
DAMON UND PYTHIAS, DIE UNZERTRENNLICHEN!
SIAMESE TWIN
WIR WERDEN...
...SICHER ENGE FREUNDE WERDEN!
SCHRILLE DAMPFORGEL-MUSIK... DAS LAUTE RUFEN DER SCHLEPPER ...DER GERUCH VON POPCORN UND DER GESCHMACK VON ZUCKERWATTE...
POP CORN
GRELL BLINKENDE LICHTER UND DIE GROSSEN AUGEN DER KINDER ...
ALHAMBRA
TATTOOED
SPIDORA
...UND MARGO GEHÖRT PLÖTZLICH ZU EINER VÖLLIG FREMDEN WELT... DER DES JAHRMARKTS!

UND NACH DER LETZTEN VORSTELLUNG EINES LANGEN ABENDS...
HÄTTE NIE GEDACHT, DASS ES SO SCHWER IST, SICH NUR ANSTARREN ZU LASSEN!
JEMAND IST VOR DEM ZELT...
GENAU DER MANN, DEN ICH SUCHE!
SIE!
SIE HEISSEN GAR NICHT AJAX!
SIE SOLLEN MICH ZURÜCKBRINGEN, ODER?
HE, SIND WIR ABER HEFTIG!
ALS WILDER MANN SIND SIE 'NE NIETE!
...ABER ALS JUDO-PARTNER...
... EIN AS! SIE FALLEN SO SCHÖN!
AUTSCH!
SIE SIND STEVE KILROY, NICHT WAHR?
UND SIE EINE POLIZISTIN? ABER ICH HABE TREFT NICHT UMGEBRACHT!

NATÜRLICH NICHT! UND ICH BIN NICHT BEI DER POLIZEI. ICH SOLL IHNEN HELFEN.
HELFEN? WIESO?
HHAHA HA HA HA HAHA HA HAHAHA
MISS VANE IST EINE BEKANNTE DES ...SHADOW, STEVE KILROY!
ICH DACHTE MIR, DASS SIE AUF DEM JAHRMARKT SIND. SIE VERSCHWANDEN VOR ZWEI ABENDEN...
... UND DER JAHRMARKT GASTIERTE IN DER NÄHE! SIE HATTEN ANGST... WOLLTEN UNTERTAUCHEN...
WENN ICH MICH NICHT IRRE ... UND ICH IRRE MICH SELTEN ... SIND SIE NICHT ALS EINZIGER HIERHERGEKOMMEN.
SIE MEINEN... DIESER SELTSAME HARLEKIN... ER IST AUCH HIER?
BAMB!
SHADOW! DAS WAR EIN SCHUSS!
ER KAM AUS ALHAMBRAS WAGEN!
WO IST ER?

SCHNELL LÄUFT ER ÜBER DEN PLATZ...
ÄLHA QUEEN SN
...DOCH ER WEISS, DASS ER ZU SPÄT KOMMT!
WER WAR DAS? WER?
SAH IHN ... IM CLOWNS-KOSTÜM... NAHM MASKE AB... ES WAR... AHHHHHHH!
MIT EINEM SEUFZEN STIRBT DIE SCHLANGENFRAU...
SIE WURDE ERMORDET, WEIL SIE ZUFÄLLIG DIE IDENTITÄT DES HARLEKINS ERFUHR!
DAS ARME DING...
ÄH... ENT-SCHULDIGUNG! ICH SAH, WIE ER ZU DEM ZELT MIT DEM AUSGESTOPFTEN WAL HINÜBERRANNTE!
ICH RUFE DIE POLIZEI UND...
WO IST ER?
NA, WO WOHL?

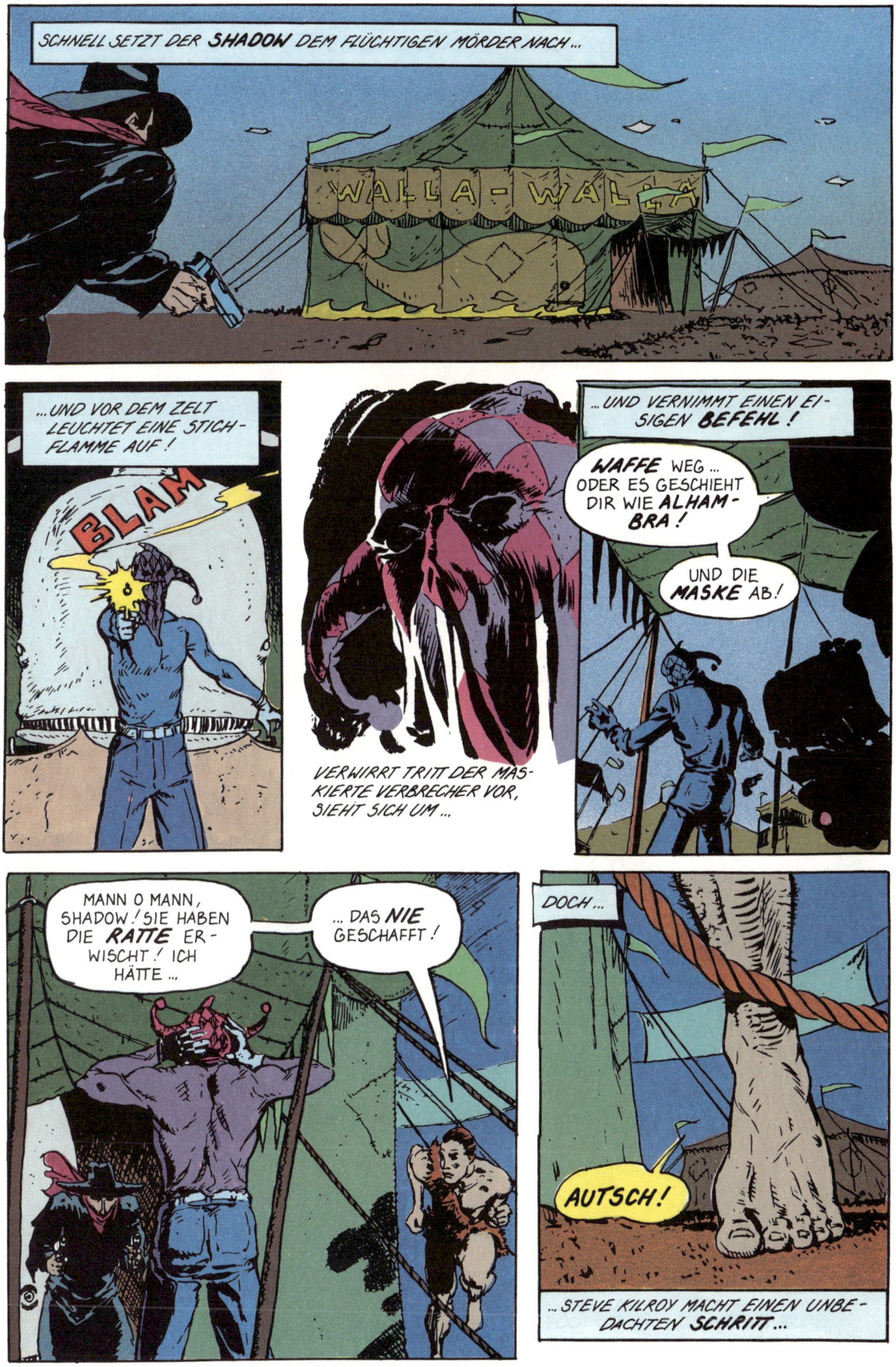
SCHNELL SETZT DER SHADOW DEM FLÜCHTIGEN MÖRDER NACH ...
WALLA-WALLA
... UND VOR DEM ZELT LEUCHTET EINE STICH-FLAMME AUF!
BLAM
VERWIRRT TRITT DER MAS-KIERTE VERBRECHER VOR, SIEHT SICH UM ...
... UND VERNIMMT EINEN EI-SIGEN BEFEHL!
WAFFE WEG ... ODER ES GESCHIEHT DIR WIE ALHAM-BRA!
UND DIE MASKE AB!
MANN O MANN, SHADOW! SIE HABEN DIE RATTE ER-WISCHT! ICH HÄTTE ...
... DAS NIE GESCHAFFT!
DOCH ...
AUTSCH!
... STEVE KILROY MACHT EINEN UNBE-DACHTEN SCHRITT ...

...UND DAS ZELTTUCH STÜRZT AUF DEN WAL ... UND DEN SHADOW!
ER IST ENTWISCHT!
ÄH ... TUT MIR LEID!
MITTLERWEILE, IN ALHAMBRAS WOHNWAGEN...
SIE WAR EINE GUTE ATTRAKTION! SIE WIRD UNS FEHLEN.
JA, SIE WAR OKAY!
UNSINN! SIE WAR BÖSE... SIE UND IHRE SCHLANGEN!
DIESE SACHE WIRD SIE SICHER SEHR AUFGEREGT HABEN, MEINE LIEBE. ICH BEGLEITE SIE IN MEINE GEMÄCHER...
EIN GLAS WEIN... MUSIK...
NEHMEN SIE BITTE DIE HAND WEG.
UU-FFFF!
CHUD
DANKE.

WUTENTBRANNT ZIEHT BENZARE EIN MESSER UNTER SEINER JACKE HERVOR...
ELENDE HURE...
...DOCH EINE KUGEL REISST IHM DIE KLINGE AUS DER HAND!
BLAM
BEIM NÄCHSTEN MAL NEHME ICH EIN ANDERES ZIEL! DU BIST GEWARNT!
SEID IN FÜNF MINUTEN IM HAUPTZELT... ODER IHR WERDET ES FÜR DEN REST EURES KURZEN LEBENS BEDAUERN!
ER IST WEG! HE... WER IST DAS?
KEINE AHNUNG... ABER WIE ER SPRICHT, HÖRE ICH LIEBER AUF IHN.
HOFFENTLICH MACHT ER SCHNELL! DER ZUG, DER UNS ZUR NÄCHSTEN STADT BRINGT, WARTET NICHT!

FÜNF MINUTEN SPÄTER...
DER SHADOW HAT GESAGT, ER WOLLE DIE IDENTITÄT DES HARLEKINS ENTHÜLLEN!
ICH TIPPE AUF BENZARE... ER WAR NICHT DABEI, ALS WIR ALHAMBRAS LEICHE FANDEN!
FIRE
DIE ANDEREN HABEN ALIBIS...
... BIS AUF NICCO, DEN KETTENRAUCHER! ER WAR AUCH NICHT DA!
FALSCH, STEVE KILROY...
NICCO IST UNSCHULDIG...
...DENN ICH BIN NICCO!
DER SHADOW!
JA ... IN VERKLEIDUNG!

ICH SAH, WIE DER HARLEKIN VON TREFTS GRUNDSTÜCK ZUM **JAHRMARKT** LIEF.
ICH HABE GEHOFFT, DER SCHURKE WÜRDE SICH HIER **VERRATEN**.
UND... TAT ER ES?
WEISST DU, WER ER IST?
JA! DER HARLEKIN IST...
...**ER**!
PECH GEHABT, MISTER! DAMON UND PYTHIAS **TRATEN** GERADE **AUF**, ALS TREFT ERSCHOSSEN WURDE!
AUSSERDEM SIND SIE UNTRENNBARE **SIAMESISCHE ZWILLINGE**!
ZWILLINGE, JA ... ABER NICHT **UNTRENNBAR**! PASST AUF!
BLAM
EIN **SPIEGEL**!

DEN TRICK FAND ICH ALS NICCO HERAUS!
DER VOGEL IST ALSO SCHULD AN MEINEM UN-GLÜCK! WENN ICH IHN ER-WISCHE ...
NEIN! SIE STEHEN IN DER SCHUSS-LINIE!
EIN SCHRITT, UND ICH SPRITZE IHM DAS GE-HIRN AUF DEN BODEN!
ER ENTKOMMT... SCHON WIEDER!
ER WIRD ZU SEINEM BRUDER GEHEN ... UND ICH WEISS, WO DER SEIN MUSS!
DIE ZWILLINGE SIND AUSLÄNDI-SCHE AGENTEN, DIE DAS ALUMIT BESCHAFFEN SOLLEN...
SIE MÜSSEN DIE STATUE BIS ZUR KÜSTE VERSTECKEN... UND DIE STATUE IST GROSS!
ES GIBT NUR EINEN ORT, AN DEM SIE SIE VERBERGEN KÖNNEN!

DER SHADOW LÄUFT ZU DEN EISENBAHNGLEISEN... UND SIEHT, WIE DER WAL HINTER DER LOKOMOTIVE AUF EINEN WAGGON GELADEN WIRD...
EIN ANDERER MANN WARTET SCHON BEI DEM AUSGESTOPFTEN MEERESTIER...
EIN LACHEN DURCHFÄHRT IHN WIE EIN STROMSCHLAG...
HA HA HA
DEIN WEG ENDET HIER, HARLEKIN!
NICHT SEINER, SHADOW...
...DEINER!
ER STEHT ZWISCHEN UNS, BRUDER! WIR SCHIESSEN BEIDE BEI DREI!
EINS... ZWEI... DREI!

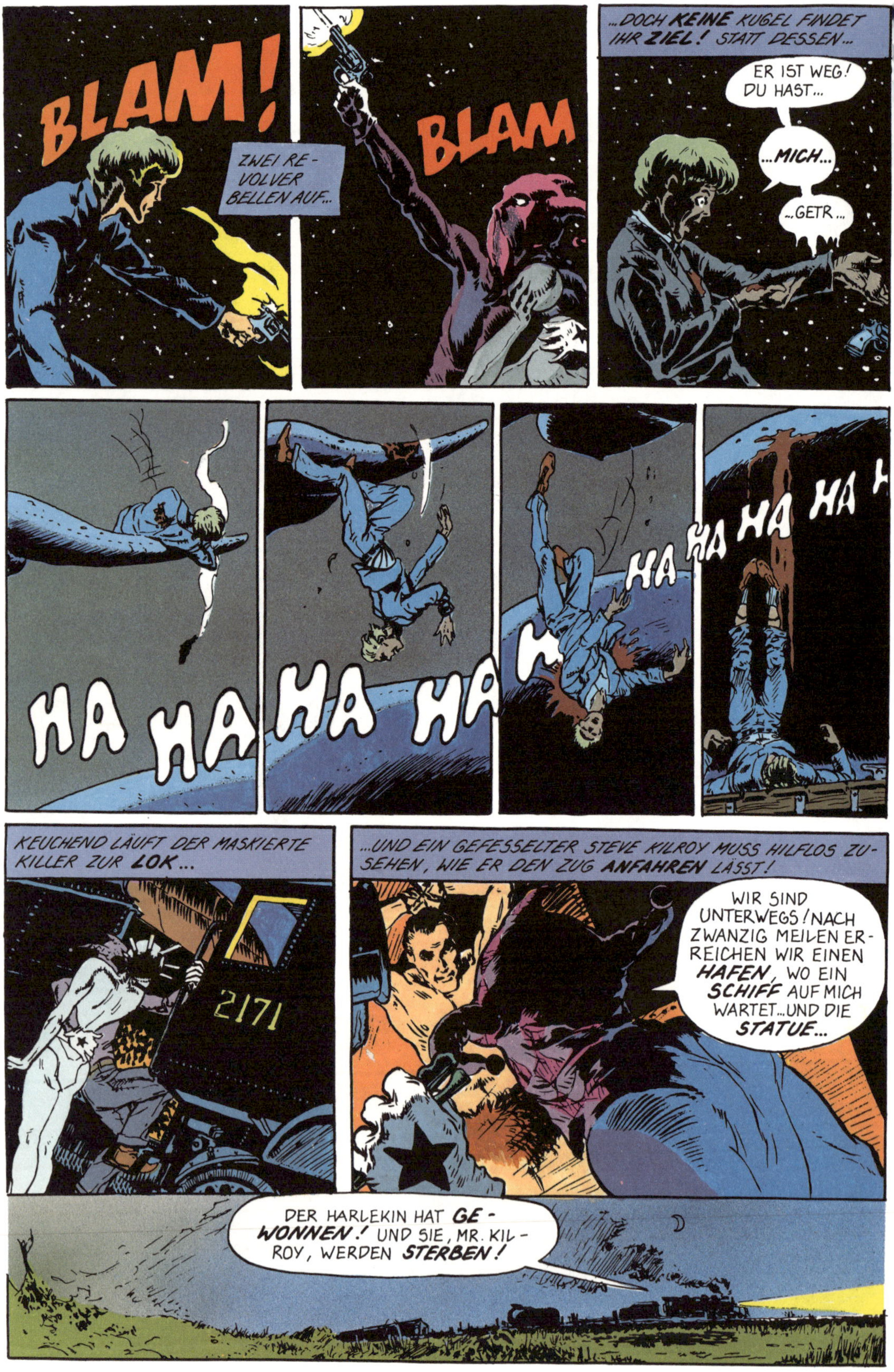
BLAM!
ZWEI RE-VOLVER BELLEN AUF...
BLAM
...DOCH KEINE KUGEL FINDET IHR ZIEL! STATT DESSEN...
ER IST WEG! DU HAST...
...MICH...
...GETR...
HA HA HA HA
HA HA HA HA
KEUCHEND LÄUFT DER MASKIERTE KILLER ZUR LOK...
2171
...UND EIN GEFESSELTER STEVE KILROY MUSS HILFLOS ZUSEHEN, WIE ER DEN ZUG ANFAHREN LÄSST!
WIR SIND UNTERWEGS! NACH ZWANZIG MEILEN ERREICHEN WIR EINEN HAFEN, WO EIN SCHIFF AUF MICH WARTET...UND DIE STATUE...
DER HARLEKIN HAT GEWONNEN! UND SIE, MR. KILROY, WERDEN STERBEN!

WAS IST MIT MIR? WAS HABEN SIE FÜR DEN SHADOW GEPLANT?
ICH HABE SIE ERWARTET! SIE HABEN ETWAS ÜBERSEHEN!
ERSCHIESSEN SIE MICH ... UND ICH KANN IMMER NOCH ABDRÜKKEN UND IHM ...
... EINE KUGEL IN DEN BAUCH JAGEN!
WEG MIT DEN WAFFEN ...
SOFORT!
CLANK-ANK
SHADOW, ICH HABE ALLES VERPATZT! ABER JETZT MACHE ICH ENDLICH ETWAS ...
BLAMB
... RICHTIG!
BLITZSCHNELL SPRINGT DER SHADOW ...

DER WIND REISST AN DEN BEIDEN GESTALTEN IN IHREM LETZTEN, HEFTIGEN KAMPF ...
DIE **STATUE** ... NEIN !
VERZWEIFELT GREIFT DER **HARLEKIN** NACH IHR ... UND STÜRZT HIN- AUS.
VERBRECHEN ...
YAAAGGG
HA HA HA HA HA HA HA HA HA
... ZAHLT SICH NICHT AUS !
MW KALUTA 73

The Shadow
ER KAM AUS DEM DUNKELSTEN HERZEN DER STADT... EINE GEMEINE TRAVESTIE EINES MENSCHEN, EIN VÖLLIG SKRUPELLOSER GANGSTER MIT DER SEELE UND MORAL EINER SCHLANGE... UND EINEM MEISTERHAFTEN PLAN, DEN NUR DER SHADOW ZU DURCHKREUZEN HOFFEN KONNTE...
DER GEHEIMNISVOLLE FEIND DES BÖSEN VERFOLGT EINE BLUTBEFLECKTE SPUR ZUM...
KÖNIGREICH der KOBRA

STILL UND KALT LIEGT DIE NACHT WIE EIN LEICHENTUCH ÜBER DER STADT. DIE MEISTEN GUTEN MENSCHEN SIND IN IHREN BETTEN.
DAS IST DIE ZEIT DER SCHLECHTEN MENSCHEN ... WIE IN DIESER VORSTADTBANK.
NA LOS, BLUE JAW! ICH WILL HIER KEINE WURZELN SCHLAGEN!
ICH BIN KÜNSTLER! IMMER LANGSAM...
BIST DU NICHT WILLIG...
... GEBRAUCH ICH GEWALT!
KA-WNMPH
DAS WAR AUCH KUNST, WAS?
NEHMT NUR DIE GROSSEN SCHEINE...
PSST ... HÖRT IHR AUCH WAS?
DIESES GELÄCHTER ... KALT WIE EIS!
HA HA HA HA HA HA HA HA
I-IST ER DAS...?
D-DER SHADOW!

HAUT AB ... UND SCHIESST!
MIT DER SPRITZE KANN ICH IHN NICHT VERFEHLEN!
BLAM
BLAM
AAAGH!
ICH HAB IHN!
IDIOT ...
... DU HAST ... MICH!
KRKKK
VERDAMMT ... NICHTS WIE WEG HIER ...
KRAK
KRAK

KURZ DARAUF...
NUR EIN TAXI ZU SEHEN! ICH HAB'S GESCHAFFT...
UGGMF!
THOD
PROBLEME?
NEIN, MARGO...
...NICHT DIE GERINGSTEN! UNSER SINGVOGEL VERRIET UNS HAARKLEIN, WANN, WO UND IN WELCHER BANK DIESE BANDE ZUSCHLAGEN WÜRDE!
NUR ... IHR BOSS IST... ÄH... WAR EIN GANGSTER NAMENS BLUE JAW GRADY...
...UND SOVIEL ICH WEISS, BRUMMT GRADY ZWANZIG JAHRE IM GEFÄNGNIS VON AINSLEY AB!
UND AN EINEM ORT, DEN ES OFFIZIELL GAR NICHT GIBT...
BURBANK! VERBINDE MICH MIT DEM DIREKTOR VON AINSLEY!
SOFORT, SHADOW!

HIER IST ER!
ÄH, HERR DIREKTOR, ICH BIN TIM O'SHAUGNESSY VON DER NEW YORK TRIBUNE! ES GEHT UM EINEN IHRER GEFANGENEN...
... EINEN GEWISSEN GRADY! GENIESST ER NOCH IHRE GASTFREUNDSCHAFT?
WARDEN
ALLERDINGS, MR. O'SHAUGNESSY. WARUM FRAGEN SIE?
ACH, NUR RECHERCHEN. VIELEN DANK!
BURBANK, BENACHRICHTIGE HARRY VINCENT.
SHREVVY, MACH DEIN TAXI KLAR!
OKAY, BOSS!
UND FÜR DICH HABE ICH EINE BESONDERE AUFGABE, MARGO...
FRÜH AM NÄCHSTEN MORGEN HÄLT EIN TAXI VOR DEN GRAUEN MAUERN DES GEFÄNGNISSES AINSLEY...
...UND MARGO LANE STEIGT AUS... ABER EINE MARGO, DIE IHRE FREUNDE NICHT WIEDERERKENNEN WÜRDEN!
JUNGER MANN, ICH BIN AGATHA FLUT VOM GEFÄNGNIS-REFORM-KLUB. ICH MÖCHTE DIE ANSTALT SOFORT INSPIZIEREN!

UND IN DEM GRIMMIGEN GEBÄUDE ...
OH, WELCH EIN SCHMUTZ! ICH VERLANGE DEN DIREKTOR ZU SPRECHEN!
DA KOMMT ER, MA'AM!
KANN ICH HELFEN, MISS FLUT?
ALLERDINGS! BRINGEN SIE MICH AUGENBLICKLICH ZU EINEM TELEFON!
KEIN PROBLEM...
... SIE KÖNNEN DAS IN MEINEM BÜRO BENUTZEN!
ICH MÖCHTE UNGESTÖRT SPRECHEN!
MARGO WÄHLT EINE NICHT EINGETRAGENE NUMMER, UND ...
HALLO, BURBANK! DER SHADOW HATTE RECHT! HIER STIMMT WAS NICHT...
DIE ZELLEN SIND UNVERSCHLOSSEN! UND DER ANGEBLICHE DIREKTOR ...
CLIK
... IST EIN GANGSTER! ICH HABE IHN ERKANNT! ES IST ...

WIDERSTAND IST SINNLOS, MISS FLUT...
MMMMPF
... ODER LIEBER ... MISS LANE?
ICH HABE IHR BILD IN DER ZEITUNG GESEHEN! IHRE SCHÖNHEIT IST UNVERKENNBAR ... SELBST IN DIESER DUMMEN VERKLEIDUNG!
WIE SIE JA WISSEN, BIN ICH KING COBRA!
EIN TREFFENDER NAME!
SO SEHEN SIE AUCH AUS ... WENN NICHT NOCH HÄSSLICHER!
SLAPP
PASSEN SIE BLOSS AUF!
SCHLAGEN SIE GERN FRAUEN?
ALLERDINGS! ICH GENIESSE ALLES, WAS MEINE MACHT BEWEIST ...
... WIE SIE BALD ERFAHREN WERDEN!

INZWISCHEN, IM CENTRAL PARK...
HARRY, DAS IST DOCH FURCHTBAR LANGWEILIG!
GEHEN WIR ZU DIR, UND DU ZEIGST MIR DEINE BRIEFMARKEN-SAMMLUNG!
TUT MIR LEID, PUPPE, ABER MIR IST PLÖTZLICH GAR NICHT GUT! ICH RUF DICH AN.
WAS STEHT AN, BOSS?
ZUERST EIN KLEIDUNGS- UND IDENTITÄTSWECHSEL. DANN EINE REISE.
ICH ERKLÄRE DIR UNTERWEGS ALLES.
UND ALS SICH DER ABEND SENKT...
SCHLIESS AUF, KUMPEL! ICH HAB 'NEN KUNDEN FÜR EUER HOTEL!
REIN MIT IHM!
ICH ZEIG IHM SEIN... ZIMMER!
DU KANNST WIEDER ABZISCHEN, KUMPEL!
WIESO? ICH MAG DIE LANDLUFT... SIE MACHT MICH SCHÖN SCHLÄFRIG...
DICH AUCH, WAS?
KWOP

DER IST WEGGETRETEN! JETZT KANN ICH DAS ZEUG ANBRINGEN ...
UND JE FRÜHER, DESTO BESSER ...
EIN KLEINER FEHLER, UND ES REGNET TAGE-LANG, HARRY VINCENT!
GENERATOR RAUM
INZWISCHEN ...
HIER WIRD'S DIR BESTIMMT GEFALLEN! WIR SEHEN'S HIER NICHT SO ENG!
JUNGS, EUER NEUER ZIMMER-GENOSSE!
HALLO, KUMPEL!
WILLKOMMEN!
DER IST NIEDLICH!

SETZ DICH UND TRINK 'NEN SCHLUCK! DA KOMMT DER BOSS... ÄH ... DIREKTOR.
ER ERKLÄRT DIR DIE FINANZIELLEN VEREINBARUNGEN.
FINANZIELLE VEREINBARUNGEN?
JA! DU BEKOMMST ALLES, WAS DU BRAUCHST ... WAFFEN, SCHWEISSBRENNER ...
... UND EIN PERFEKTES VERSTECK... DIESE ANSTALT! UND WIR VERLANGEN EIN VIERTEL DEINER EINNAHMEN!
DU FÜHRST EIN GANGSTERHOTEL, WAS?
ICH BEZEICHNE ES LIEBER ALS ... KÖNIGREICH!
NOCH FRAGEN?
KEINE...
DANN WÜNSCHE ICH DIR EINE ... GUTE NACHT!
KING? WARUM HASS'N UMGENIETET?
ABGESEHEN DAVON, DASS ICH GERN MENSCHEN SCHLAGE, WAR ER EIN SPITZEL!
UNSER KONTAKTMANN IN DER STADT HAT NIEMANDEN GESCHICKT!
SPERRT IHN ZU DEN ANDEREN! WENN ER AUFWACHT, VERHÖRE ICH IHN!

SPÄTER, IN EINER DUNKLEN ZELLE ...
DA IST NOCH EINER FÜR EUCH! MACHT EUCH SCHNELL BEKANNT ... ICH HAB SO EINE AHNUNG, DASS ER ES NICHT MEHR LANGE TUT!
SIND SIE OKAY?
JA. NUR EINE PREL-LUNG.
SIE SIND DER DIREK-TOR ...?
ICH BIN DIREKTOR GIBSON WALTERS, UND DAS IST MEIN STELLVERTRETER, EARL THROPE!
UND WER SIND SIE?
EIN FREUND...
ABER WIESO SITZEN SIE IN IHRER EIGENEN ZELLE?
VOR EINEM MONAT SCHLICHEN SICH KOBRA UND SEINE GANG IN EINEM WÄ-SCHEREIWAGEN EIN...
IRGENDWIE GELANG ES IHM, DAS BELÜFTUNGS-SYSTEM MIT GAS ZU FLUTEN! DIE MEISTEN MEINER MÄNNER WURDEN OHN-MÄCHTIG ...
KOBRA BRACHTE ALLE AUSSER EARL UND MIR UM!

ER BEFREITE DIE INSASSEN UND...
... UND ÜBERNAHM DAS GEFÄNGNIS EIN-FACH? EIN GERISSENER PLAN ... ABER ER WIRD TEUER DAFÜR BE-ZAHLEN!
SCHÖN WÄR'S ... ABER BIS DRAUSSEN JEMAND DAVON ER-FÄHRT, IST ER ...
...ÜBER ALLE BER-GE... UND WIR SIND TOT!
DIE KERZE IST ABGEBRANNT...
IM SCHWACHEN LICHT DES KALTEN MONDES, DAS DURCH DAS VERGITTERTE FENSTER FÄLLT, VOLLZIEHT SICH EINE VERBLÜFFENDE VERWAND-LUNG. DER NEUANKÖMMLING VERSCHWINDET...
... UND EIN DUNKEL GE-KLEIDETER RÄCHER HOLT EIN STÜCK METALL AUS EINEM HOHLEN ZAHN...
... HANTIERT AM SCHLOSS...
... UND ÖFFNET ES!
UNGLAUBLICH! DIESE TÜR GALT ALS AUSBRUCH-SICHER!
SIND SIE ... DER, VON DEM ICH GLAUBE ... ?
WAHRSCHEINLICH! WARTEN SIE HIER AUF MICH!

UND...
HA HA HA HA HA HA
WIR NEHMEN UNS DIE BUNDESBANK VOR UND SAHNEN ORDENT...
DIESES LACHEN...
VERBRECHEN ZAHLT SICH NICHT AUS!
DER SHADOW...
SOKK
SOKK
...WEISS DAS!
H-H-HILFE!

SCHNELL UND LEISE GLEITET ER DURCH DEN GANG, EINS MIT DER DUNKELHEIT...
...UND TAUCHT VOR KING KOBRAS BÜRO WIEDER AUF! LAUT HALLT SEIN BEFEHL...
GIB AUF ODER STIRB, KOBRA! DU HAST DIE WAHL!
ES GIBT EINE DRITTE MÖGLICHKEIT...
DU GIBST AUF... ODER DIESES BEZAUBERNDE GESCHÖPF WIRD EINEN BESONDERS SCHRECKLICHEN TOD ERLEIDEN!
ICH HABE SIE MIT BENZIN ÜBERGOSSEN...
EIN FUNKE, UND WIR HABEN DAS VERGNÜGEN, IHRE SCHREIE ZU HÖREN, WENN DIE FLAMMEN SIE VERSCHLINGEN!
LASS DIE WAFFEN FALLEN, ODER...
DU... HAST GEWONNEN.
DU ENTTÄUSCHST MICH, SHADOW! ICH DACHTE, DU WÜRDEST SIE OPFERN, UM EINEN SO GROSSEN FISCH WIE MICH ZU SCHNAPPEN!
VIELLEICHT... WENN ES NÖTIG WÄRE!

DU HOFFST, NOCH ZU GEWINNEN? DA IRRST DU DICH!
ERGREIFT IHN!
SEIT JAHREN BIST DU EIN FEIND UNSERER ART ...
... UNSER GRÖSSTER FEIND!
IN DEINER GESELLSCHAFT WERDEN FEINDE ELIMINIERT, UND SO WIRD ES AUCH IN UNSERER WELT SEIN!
DIE LETZTE MEILE. ES IST NICHT WIRKLICH EINE MEILE ... SIE KOMMT EINEM NUR SO LANG VOR.
FÜR EINIGE IST SIE JEDOCH DIE KÜRZESTE STRECKE DER WELT!

DU HAST NOCH EINE MINUTE... SECHZIG SEKUNDEN, BEVOR TAUSEND VOLT DICH BRATEN!
WILLST DU BETEN... UNS ANFLEHEN ... LETZTE WORTE SPRECHEN?
HA HA HA HA HA HA HA HA HA HA HA HA HA HA HA HA HA HA HA HA HA HA HA HA
SCHALT DAS DING EIN, JA! BEI DIESEM GELÄCHTER GEFRIERT EINEM JA DAS BLUT!
IN FÜNFZEHN SEKUNDEN!
MITTLERWEILE, IN DER DUNKELHEIT DRAUSSEN...
FAST MITTERNACHT! DER CHEF HAT GESAGT, WENN ICH VOR DER GEISTERSTUNDE NICHTS VON IHM HÖRE, SOLL ICH DAS ZEUG IM GENERATORRAUM HOCHGEHEN LASSEN!
DANN HÄLT SICH MRS. VINCENTS BRAVER HARRY LIEBER MAL DIE OHREN ZU! HOCH DAMIT!
GENERATOR RAUM

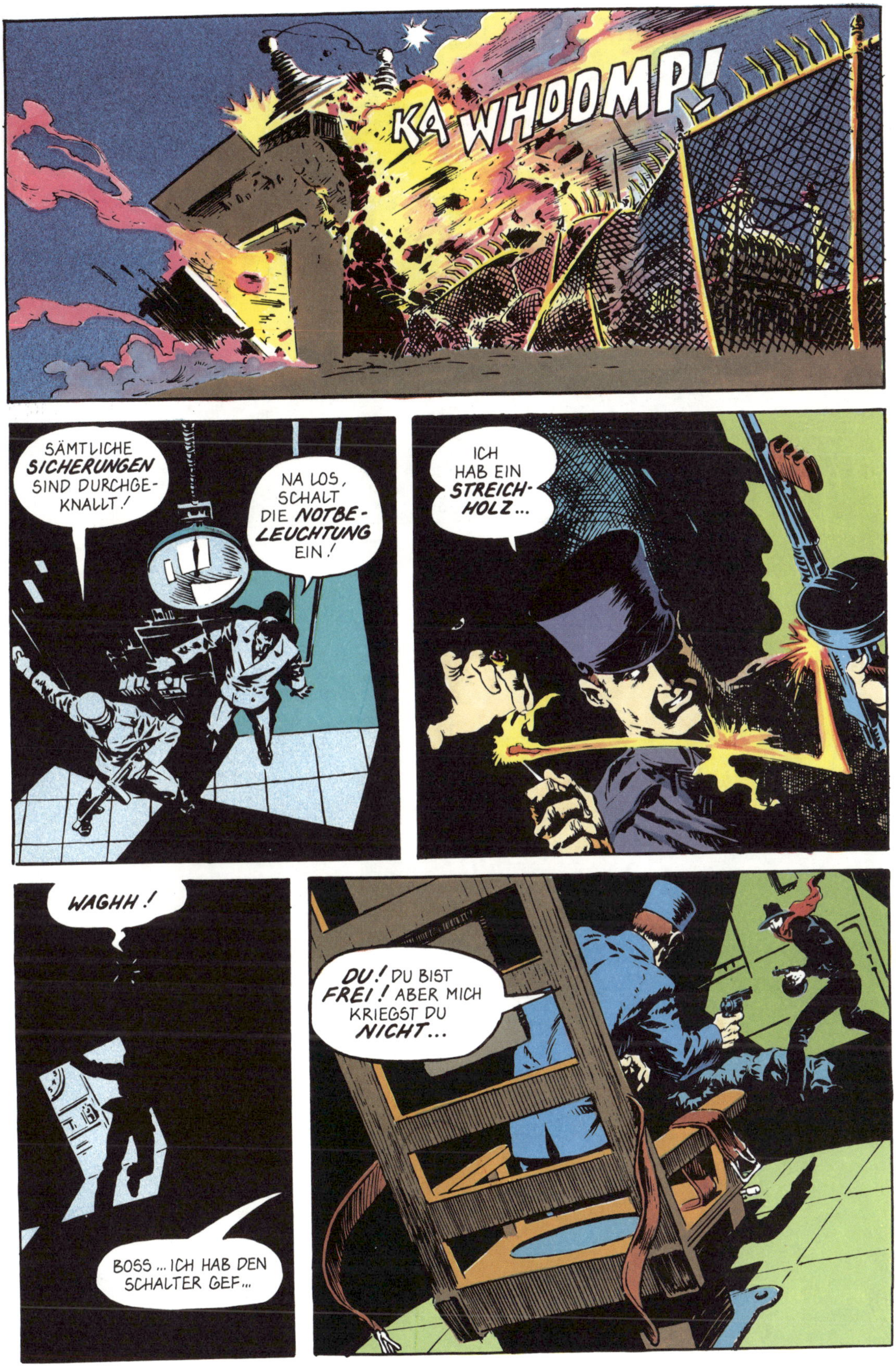
KA WHOOMP!
SÄMTLICHE SICHERUNGEN SIND DURCHGE-KNALLT!
NA LOS, SCHALT DIE NOTBE-LEUCHTUNG EIN!
ICH HAB EIN STREICH-HOLZ...
WAGHH!
BOSS ... ICH HAB DEN SCHALTER GEF...
DU! DU BIST FREI! ABER MICH KRIEGST DU NICHT...

ZING
SPLINNNG
BEYOW
BUDDARUP
GUTER SCHUSS! ICH KONNTE MICH BEFREIEN UND...
WIR KÖNNEN UNS SPÄTER GRATULIEREN, MARGO! ES IST NOCH NICHT VORBEI...
DER GROSSE BOSS IST ENTKOMMEN!
ICH VERFOLGE KOBRA! RUF DIE POLIZEI... SIE HAT HIER EINIGES ZU TUN!
HOFFENTLICH IST ER VORSICHTIG...
DER SHADOW LÄUFT ZU SEINEM HELFER HINAUS, UND...
IST JEMAND VORBEIGEKOMMEN?
JA... ER RANNTE, ALS SEI DER TEUFEL HINTER IHM HER...
ICH SCHNITT IHM DEN WEG ZUM TOR AB, UND ER IST DA RÜBER GELAUFEN!
DA GING DAS DYNAMIT HOCH... ABER ICH WÜRDE IHM NICHT FOLGEN!

ICH HABE NÄMLICH ZWEI SPRENGLADUNGEN ANGEBRACHT... UND NUR EINE GING HOCH!
ALSO STECKEN IN DEM SCHUTT NOCH EIN DUTZEND STANGEN TNT...
...UND DIE KÖNNEN DEN GESAMTEN STEINHAUFEN ZERREISSEN!
BLEIB HIER! ER KANN NICHT ENTKOMMEN!
NEIN!
ICH ERLEDIGE MEINE JOBS!
UND, IN DEM EINGESTÜRZTEN GEBÄUDE...
NOCH EINMAL, KOBRA: GIB AUF!
NEIN, SHADOW! ICH BIN ERLEDIGT ... WEGEN DIR!
MIR BLEIBT NUR NOCH DIE RACHE! WIE PASSEND, DASS ICH GENUG SPRENGSTOFF GEFUNDEN HABE, UM UNS BEIDE IN DIE LUFT ZU JAGEN!

EINE EINZIGE DREHUNG, UND...
HARRY! IST ER...
ICH FÜRCHTE JA, KIND. NIEMAND KANN DIESE EXPLOSION ÜBERLEBT HABEN!
STILL! HÖR DOCH!
HA HA HA HA HA HA HA
ICH HÖR'S... UND KANN'S NICHT GLAUBEN!
DER SHADOW SCHEITERT NIE!

The Shadow
NACHT... UND DIE EINSAME LANDSTRASSE SCHEINT SICH ENDLOS ZU ERSTRECKEN, BIS IN DIE EWIGKEIT! DIE STILLE WIRD NUR VOM DRÖHNEN EINES STARKEN MOTORS ZERRISSEN...
19
S.F. HICKMAN
DOCH DA IST NOCH ETWAS... DIE SPUKHAFTE GEGENWART EINES RÄCHERS, DER DAS BÖSE HASST UND SEINE OPFER NIEMALS ENTKOMMEN LÄSST!
GLEICH WIRD DIE STILLE VON EINEM AKT DER GEWALT GEBROCHEN WERDEN... UND DEM BEGINN EINER GRAUSAMEN GERECHTIGKEIT!
GESCHÄFTE MIT DEM TOD

TRITT AUFS GAS, JA!
WAS'N LOS? WARTET DEINE SCHNUCKI IN DER STADT AUF DICH, ODER WAS?
NEE ... ICH HAB NUR ANGST!
HASSE DIR ETWA 'NE FLASCHE ABGEZWEIGT UN' LEERGESOFFEN?
HE ... DA STEHT 'N SCHATTEN AUF DER STRASSE!
ICH WALZ'N PLATT... BEI UNSERER FRACHT HINTENDRAUF!
PLÖTZLICH BELLEN ZWEI PISTOLEN AUF...
HE! UNSERE REIFEN!
HALT DICH FEST! WIR ...
CRAASH!

ALLES KLAR?
JA... ABER UNSERE LADUNG IS' HIN! WENN ICH DIE LAUS FINDE, DIE AUF UNS GE - SCHOSSEN HAT...
DIESES GELÄCHTER!
HA HA HA HA
WIE IN EINEM ALPTRAUM!
DANN SCHEINT SICH DIE DUN - KELHEIT ZU EINER GROSSEN, SCHRECKLICHEN GESTALT ZU VERDICHTEN, UND...
LASST DIE WAFFEN FALLEN!
KLAR DOCH...
...DU TRÄUMER!
KRAK KRAK KRAK
I-IST ER... TOT?
KEINE AHNUNG...
HA HA HA
HA HA HA HA
KLNK

AAARGH!
LASS LOS... DU BRICHST MIR DEN ARM!
REDE!
SIEH MIR IN DIE AUGEN... UND SPRICH!
ICH WEISS, DASS IHR SCHWARZGEBRANNTEN SCHNAPS TRANSPORTIERT! WOHIN?
N-NEW YORK CITY... DIE BOWERY! ZUR BLISS-MISSION!
ICH LASSE DICH LEBEN! SEI DANKBAR!
SWAK
UNNGHF!
KURZ DARAUF STEIGT DER SHADOW IN EIN TAXI EIN, DAS HUNDERT METER ENTFERNT WARTET...
ZUM HAUPTQUARTIER, SHREVVY!
WIE IST'S GELAUFEN, BOSS?
SEHR ZUFRIEDENSTELLEND, SHREVVY! WIR WOLLTEN NUR EIN PAAR SCHWARZBRENNER AUSHEBEN...
...DOCH DANK DER INFORMATIONEN DIESES BURSCHEN HABEN WIR NUN EINEN VIEL GRÖSSEREN FISCH AN DER ANGEL!

SIEHT NACH EINEM UNFALL AUS, BOSS! SOLL ICH ANHALTEN?
JA! VIELLEICHT KÖNNEN WIR HELFEN!
OZ BAKERS
OZ
OZ
HALLO, CLANCY! PROBLEME?
'N ABEND, SHREVVY! NEIN...
... UND DER BURSCHE, DER ÜBERFAHREN WURDE, HAT AUCH KEINE MEHR!
DEN HAT'S VOLL ERWISCHT! NA JA, IST NICHT SCHADE DRUM.
DANN KANNTEST DU IHN?
LAUT DEN PAPIEREN IN SEINER TASCHE WAR ER NATCHEZ NATE JOHNSON!
DER GANGSTER?
GENAU DER! KEINER WEISS, WIEVIEL MORDE DER AUF DEM KERBHOLZ HAT! DIE HALBE POLIZEI WAR HINTER IHM HER!
UND JETZT IST ER PLATT! NICHT MAL SEINE MUTTER WÜRDE IHN NOCH ERKENNEN!
DANN FREU DICH DOCH, CLANCY!
UND DU FAHR NICHT ZU SCHNELL!

UND, BOSS?
SELTSAM... JOHNSON IST DER FÜNFTE GANGSTER, DER DIESES JAHR DURCH EINEN UNFALL STARB!
ERLEDIGT DAS SCHICKSAL MEINE ARBEIT?
KURZ DARAUF, IM HAUPTQUARTIER...
HAST DU BEFEHLE, SHADOW?
JA, BURBANK! UNSER KONTAKTMANN IM KAPITOL SOLL HERAUSFINDEN, WEM DER WAGEN MIT DER ZULASSUNG K 13945 GEHÖRT.
WAR DAS DIESER SCHMUGGELLASTER?
GENAU. MARGO LANE UND HARRY VINCENT SOLLEN SICH BEI DEM BESITZER DES WAGENS UMSEHEN.
UND WIR, BOSS?
LAMONT CRANSTON WIRD DIE BLISS-MISSION BESUCHEN...
...UND HERAUSFINDEN, WIESO EINE EINRICHTUNG, DIE GEGEN DEN ALKOHOL KÄMPFT, EINE LADUNG WHISKY ERHÄLT!
UND JETZT LASST MICH...
...NACHDENKEN!

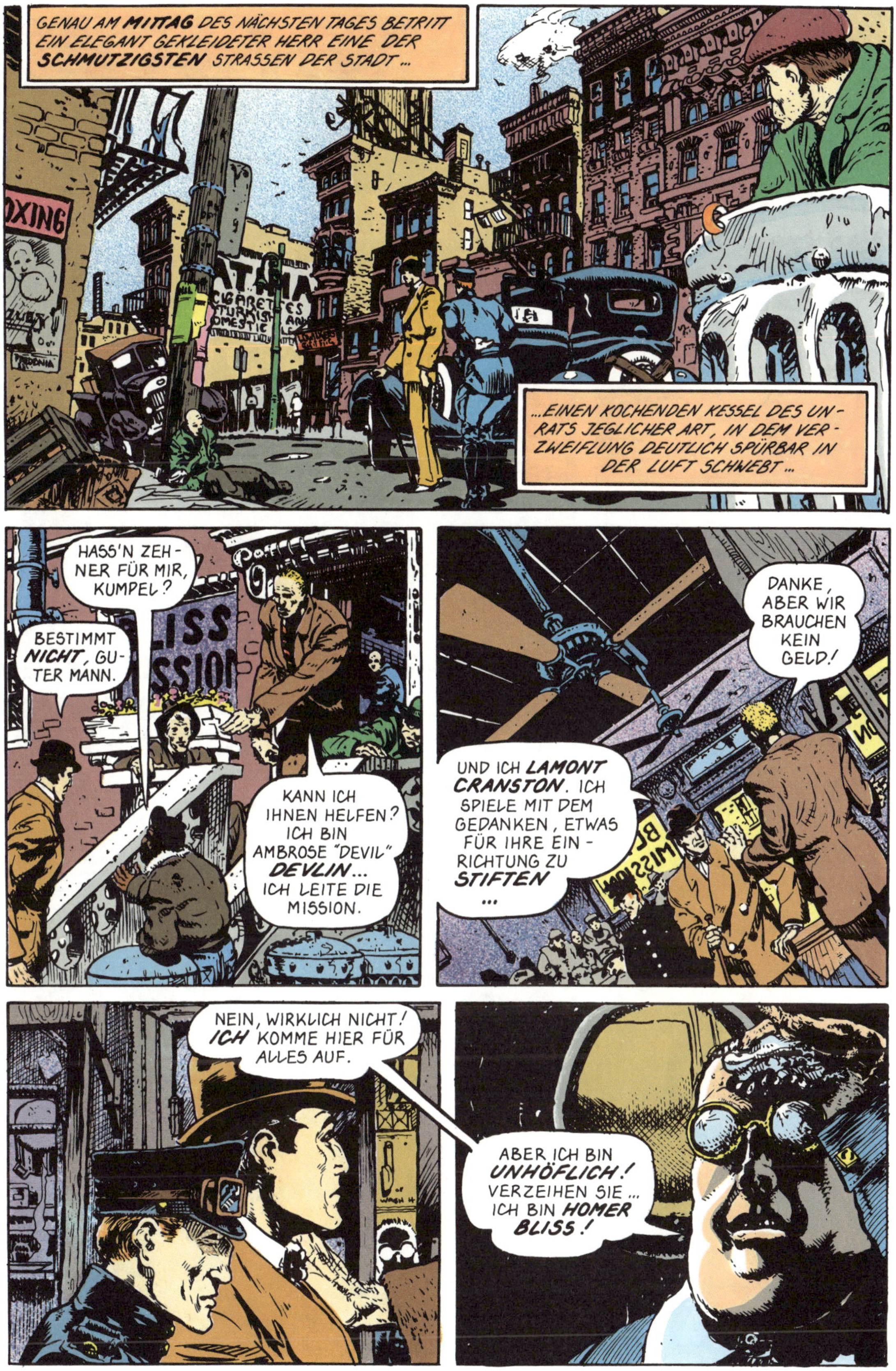
GENAU AM MITTAG DES NÄCHSTEN TAGES BETRITT EIN ELEGANT GEKLEIDETER HERR EINE DER SCHMUTZIGSTEN STRASSEN DER STADT ...
...EINEN KOCHENDEN KESSEL DES UNRATS JEGLICHER ART, IN DEM VERZWEIFLUNG DEUTLICH SPÜRBAR IN DER LUFT SCHWEBT ...
HASS'N ZEHNER FÜR MIR, KUMPEL?
BESTIMMT NICHT, GUTER MANN.
KANN ICH IHNEN HELFEN? ICH BIN AMBROSE "DEVIL" DEVLIN... ICH LEITE DIE MISSION.
UND ICH LAMONT CRANSTON. ICH SPIELE MIT DEM GEDANKEN, ETWAS FÜR IHRE EINRICHTUNG ZU STIFTEN ...
DANKE, ABER WIR BRAUCHEN KEIN GELD!
NEIN, WIRKLICH NICHT! ICH KOMME HIER FÜR ALLES AUF.
ABER ICH BIN UNHÖFLICH! VERZEIHEN SIE ... ICH BIN HOMER BLISS!

SIE FINANZIEREN DIE MISSION ALLEIN?
JA. ICH SCHÄTZE MICH GLÜCKLICH, ETWAS FÜR DIESE ARMEN MENSCHEN TUN ZU KÖNNEN.
VERZEIHUNG, ABER ICH HABE ZU TUN, MR. CRANSTON! DRINGENDE GESCHÄFTE ...
HAT MICH SEHR GEFREUT, MR. CRANSTON.
UND IHR ZISCHT JETZT AB!
ÄH ... DA WIR SCHON MAL HIER SIND, KÖNNEN WIR UNS DOCH UMSEHEN ...
M-MISTER, HELFEN SIE UNS ...
SIE BRINGEN UNS UM ...
KLAPPE!
SOK
ICH SAH EINEN OPERATIONSRAUM HINTER DER TÜR!
VERGISS ES ... UND HAU AB!

ICH SAGTE .. HAU AB!
LASSEN SIE MR. CRANSTON LOS!
DU ZWERG WILLST WAS VON MIR?
DA GEHT'S NICHT MEHR RAUS, CRANSTON! DER OPERATIONS-RAUM HAT KEINE FENSTER!
KLIK
HÖRT ZU, IHR PENNER! DER LACKAFFE MUSS STERBEN! IHR ERLEDIGT IHN, WÄHREND ICH MIR EIN ALIBI BE-SORGE.
ALS BE-LOHNUNG KRIEGT JE-DER 'NE EXTRAFLASCHE FUSEL.
JE EHER IHR IHN KALTMACHT, DESTO EHER KÖNNT IHR EUCH INS TRAUMLAND SAUFEN!
LANGSAM, WIE SCHLAF-WANDLER, ZIEHEN DIE MENSCHLICHEN WRACKS MESSER HERVOR...

DOCH EIN SCHAUDERHAFTES, DÜSTERES GERÄUSCH LÄSST SIE INNEHALTEN...
HA HA HA HA HA HA HA HA HA
SIE FAHREN ZURÜCK, ALS SICH DIE TÜR ÖFFNET UND EINE BEEINDRUCKENDE, FAST GOTTESÄHNLICHE GESTALT VOR IHNEN STEHT.
HA HA HA
EIN KALTER BLICK DURCHSTICHT IHRE SEELEN.
JEDE KRAFT SICKERT AUS IHREN GEQUÄLTEN KÖRPERN...
SIE WAGEN ES NICHT, DEN BLICK DIESER GLÜHENDEN AUGEN AUF SICH ZU ZIEHEN.
VOR NACKTEM ENTSETZEN HEILLOS ZITTERND, STARREN SIE ZU BODEN.
UND ALS SIE SICH WIEDER RÜHREN KÖNNEN...
...IST ER FORT!

DER NACHMITTAG STIRBT NUR LANGSAM ÜBER LONG ISLAND. DICKE GRAUE WOLKEN ZIEHEN ÜBER DEN HIMMEL UND WERFEN EINE TÖDLICHE BLÄSSE AUF ALLES UNTER IHNEN.
WAS EINEM GEWISSEN GESCHÄFTSMANN GAR NICHT GELEGEN KOMMT...
BLISSFUL GARDEN
IHNEN WIRD ES HIER IN BLISSFUL GARDENS GEFALLEN! JA, BESTIMMT!

ICH KANN MIR KEINEN SCHÖNEREN ORT FÜR DIE LETZTE RUHESTÄTTE DENKEN. SIE SCHLAFEN BEIM MEERESRAUSCHEN...
11-2-73

IRGENDWIE GLAUBE ICH NICHT, DASS IHRE GÄSTE DAS SPIEL DER WELLEN ZU WÜRDIGEN WISSEN, BLISS!
OFFICE
HOMER BLISS
ABER WIESO DENN NICHT, MR. VINCENT?
AUF MEIN WORT, IN BLISSFUL GARDENS FINDET IHRE SEELE FRIEDEN WIE SONST NIRGENDWO AUF DIESER WELT!

NUN, MR. VINCENT, WÄREN SIE AN EINEM DOPPELGRAB INTERESSIERT ODER AN EINER FAMILIENGRUFT...
TUT MIR LEID, BLISS, ABER MARGO UND ICH WOLLTEN UNS NUR ... ÄH ... UNVERBINDLICH INFORMIEREN!
JA, MR. BLISS, HARRY SAGT IMMER: "SPARST DU IN DER ZEIT, DANN HAST DU IN DER NOT."
JA, DAS IST MEIN REDEN.
KOMM, SCHATZ. GEHEN WIR.
ÄH... ICH VERSTEHE. ABER WENN SIE SICH ENTSCHLIESSEN, HOFFE ICH, DASS SIE...
WIR MELDEN UNS DANN BEI IHNEN. VIELEN DANK, BLISS.
ALS DER SCHNELLE WAGEN ZUM AUSGANG DES FRIEDHOFS ROLLT...
NA, DAS WAR WOHL NICHTS! BURBANK SCHEINT UNS AUF EINE FALSCHE SPUR ANGESETZT ZU HABEN!
HARRY VINCENT UND MARGO LANE, DIE BESTEN HELFER DES SHADOW, HÄTTEN BEI EINEM KAFFEEKRÄNZCHEN MEHR DRECK AUFWIRBELN KÖNNEN ALS HIER!
FALSCH, MARGO... MIR IST ETWAS INTERESSANTES AUFGEFALLEN.
WIR SEHEN UNS DAS DIESE NACHT MAL GENAUER AN!

UND ALS SICH DUNKELHEIT ÜBER DEN FRIEDHOF GELEGT HAT...
MIST! HÄTTE ICH GEWUSST, DASS ICH ÜBER DIE MAUER KLETTERN MUSS, HÄTTE ICH KEINE HOHEN ABSÄTZE AUSGESUCHT!
WAS DENN SONST? GUMMISTIEFEL PASSEN NICHT ZU DEM KLEID!
SEHR KOMISCH, VINCENT! ABER WENN DU MICH UMSONST HIERHERGESCHLEPPT HAST, WERDE ICH DICH..
GLAUB MIR, ES WIRD SICH LOHNEN!
DA! SIEHST DU ES?
WAS?
DIE WINDHOSE ÜBER DER GRUFT! WAS HAT SIE HIER ZU SUCHEN?
DIE TOTEN KÜMMERT'S NICHT, WOHER DER WIND WEHT, ABER EIN FLUGZEUG...
BBRUUUMMMMMMMM
MMMM
MMMMM
...DURCHAUS!
DA! BLISS UND JEMAND, DEN ICH NICHT KENNE...
...WARTEN SCHON!
IHRE FAHRKARTE IN DIE FREIHEIT, NATCHEZ! IN EIN PAAR STUNDEN SIND SIE SICHER AUSSER LANDES!

DAS IST NATCHEZ JOHNSON ... ABER DER SOLL DOCH GESTERN ÜBERFAHREN WORDEN SEIN!
GESTERN IST NICHT DEIN PROBLEM, KUMPEL! SONDERN DIE ZUKUNFT...
WER...?
...DENN DU WIRST DEN MORGEN NICHT MEHR SEHEN!
MEHR DAVON JEDENFALLS ALS DU, GROSS-MAUL!
MEINE AUGEN... DAFÜR...
...BRING ICH DICH UM!
UUNNHH!
BLAM
DU DRECKS-KERL...
WENN SIE TOT IST, REISSE ICH DICH IN STÜCKE!
DASS ICH NICHT LACHE, KLEINER! MIT BLOSSEN HÄNDEN KOMMT KEINER GEGEN "DEVIL" DEVLIN AN!
ABER ICH BRECH DIR DIE RIPPEN, DU HANS-WURST!
KRIEG KEINE...
...LUFT MEHR...
...WERDE OHNMÄCHTIG...

EINE WEILE TREIBT HARRY VINCENT IN TIEFER DUNKELHEIT. DANN NAGT DAS BEWUSSTSEIN AN SEINEN AUGENLIDERN, UND ER ÖFFNET SIE ...
WILLKOMMEN BEI DEN LEBENDEN, MR. VINCENT! SIE WAREN JA ZIEMLICH LANGE WEGGETRETEN!
ICH HATTE SCHON ANGST, SIE WACHEN NIE MEHR AUF! UND SIE, MISS, HAT DEVLINS KUGEL ZUM GLÜCK NUR GESTREIFT!
WIESO ZUM GLÜCK, BLISS? WAS HABEN SIE MIT UNS VOR? WAS TREIBEN SIE FÜR EIN SPIEL?
ICH BITTE SIE, MR. VINCENT! KEIN SPIEL ... EIN GESCHÄFT!
DAS GESCHÄFT DER ... AUFERSTEHUNG!
DENN FÜR EINEN GEWISSEN PREIS KANN ICH DEN "TOD" JEDER UNTERWELTGRÖSSE ARRANGIEREN, DIE ÄH ... AUSSTEIGEN MÖCHTE.
EINE ZUR UNKENNTLICHKEIT ENTSTELLTE LEICHE, DIE DEN KÖRPERLICHEN MASSEN MEINER KLIENTEN ENTSPRICHT, FINDE ICH UNTER DEN SÄUFERN MEINER MISSION...
... UND SOBALD MEIN KLIENT DANN OFFIZIELL TOT UND BEGRABEN IST, KEHRT ER MIT NEUEM GESICHT UND NEUEN PAPIEREN IN DIE WELT ZURÜCK!
UND WARUM HABEN SIE UNS NICHT SCHON LÄNGST GETÖTET?
TJA, MISS ... MEIN NEUESTER KLIENT IST GUNNER MILLIGAN! ER UND SEINE FREUNDIN SOLLEN BEI EINEM AUTOUNFALL "VERBRENNEN"...
GASOL
GASOL
... UND ZUFÄLLIG ENTSPRECHEN SIE UND MR. VINCENT GENAU DEN KÖRPERLICHEN ANFORDERUNGEN!

"NICHT WEIT VON HIER FÜHRT EINE GEWUNDENE STRASSE DEN STEILEN BERG HINAB. MR. DEVLIN WIRD SIE AUF DEN GIPFEL BESAGTEN HÜGELS FAHREN, BENZIN IN IHR AUTO SCHÜTTEN ..."
"... UND SIE, GEFESSELT WIE SIE SIND, OHNE DASS SIE DAS LENKRAD ERREICHEN KÖNNEN, DANN DIE STRASSE HINABSCHICKEN ... ALLEIN NATÜRLICH!"
NA JA, KLEINE, DAS WAR'S WOHL! WIR KÖNNEN UNS NICHT MEHR RECHTZEITIG BEFREIEN ...
ABER WIR HABEN UNSER BESTES GEGEBEN! WENIGSTENS GEHEN WIR MIT DIESEM WISSEN IN DEN TOD ...
HA HA HA HA HA HA HA
UNMÖGLICH! ER KANN NICHT HIER SEIN ... !
EIN GRAUSAMES, LEISES LACHEN HALLT DURCH DIE LUFT, UND EINE SCHWARZE GESTALT SPRINGT AUS EINEM TAXI AUF DEN FAHRERLOSEN WAGEN ...
DAS KANN NICHT KLAPPEN, BOSS ... UNS BLEIBT NICHT GENUG ZEIT! SPRING AB!
RETTE DICH ... BEVOR ES ZU SPÄT IST!
AUTO PARTS
WE BUY AUTOS

SPAK
KAA..
REENCH
DICKER SCHWARZER RAUCH STEIGT IN DEN NACHTHIMMEL AUF ... UND EIN LÄCHELN LEGT SICH AUF "DEVIL" DEVLINS GESICHT...
DA KAM KEINER MEHR RAUS!
UND NICHT LANGE DARAUF ...
ALLES ERLEDIGT, MR. BLISS!
DER WAGEN GING HOCH WIE EIN FEUERWERK...
... MIT VINCENT UND DEM MÄDCHEN!
SEHR GUT, MR. DEVLIN.
HA HA HA HA HAHAHA HAH
O GOTT... DIESES GELÄCHTER!
NEIN! ER. SCHON WIEDER!

HAHAHAHAHAHA
JA, MÖRDER ... IHR WERDET DEM SHADOW FÜR EURE VERBRECHEN BEZAHLEN!
UND ER IST NICHT ALLEIN!
IN MEMORY AGNES BLISS
MR. VINCENT... UND DAS MÄDCHEN!
UNMÖGLICH! IHR SEID TOT! ICH SAH EUCH STERBEN!
DU HAST GESEHEN, WIE DER WAGEN ÜBER DIE KLIPPE FUHR!
ICH HIELT DEN WAGEN KURZ VOR DEM ABGRUND AN... BEFREITE HARRY UND MARGO...
...UND SCHOB DEN LEEREN WAGEN DANN ÜBER DIE KLIPPE! IHR SOLLTET DENKEN, IHR WÄRET MIT EUERM PLAN DURCHGEKOMMEN!
ICH KOMME DAMIT DURCH...WENN ICH EUCH UMLEGE!
BLAM
NARR!
M-MEINE PISTOLE ...
SPANG
JETZT BIST DU DRAN, FREUNDCHEN! ABER ICH ERLEDIGE DICH...NICHT DER SHADOW!
DAS BIN ICH DIR SCHULDIG! MIR TUN VON DER ABREIBUNG HEUTE ABEND NOCH ALLE KNOCHEN WEH!
DIE NACHT WIRD KALT, ALS DIE BEIDEN WIDERSACHER SICH ZUM KAMPF STELLEN...
ZU EINEM KAMPF, DER VERSCHOBEN WIRD, ALS HOMER BLISS SEINE CHANCE SIEHT...
KEINER BEWEGT SICH!
SHADOW, LASS DEINE WAFFEN FALLEN... ODER DIE JUNGE DAME STIRBT!
ICH HABE KEINE WAHL...
CLAT CLAK

DIE HATTEST DU NIE, SHADOW!
UND FOLGE UNS NICHT... ODER DAS MÄDCHEN WIRD ES BEDAUERN!
NACHDEM DER FETTWANST UND SEINE GEFANGENE IN DER DUNKELHEIT VERSCHWUNDEN SIND...
WISST IHR WAS? IHR BLUTHUNDE WERDET KEINEM MEHR FOLGEN... NIE MEHR! ZUERST LEGE ICH VINCENT UM, UND DANN DICH, DU MISTKERL...
EINEN MOMENT WENDET SICH DER BLICK DES KILLERS VOM SHADOW AB...
...EINEN MOMENT ZU LANG!
WAS? WO IST ER?
HINTER DIR, KILLER!
BLAM
HUH-WAHH!
UH-UH...
HA HA HA HA HA HA HA

UND AM UFER ...
GEHT'S DIR GUT, MARGO?
JA ... ABER BLISS IST IN DEM WASSERFLUGZEUG! ER ...
... ENTKOMMT!
DER SHADOW LÄUFT LOS UND ERREICHT DAS FLUGZEUG NOCH BEIM START ...
NOCH LANGE NICHT!
DU! DU HAST ALLES VERDORBEN! OHNE DICH WÄRE ICH JETZT REICH!
DU HAST MEIN LEBEN ZERSTÖRT... MEINE TRÄUME!
JETZT TÖTE ICH DICH!
VERSUCH ES, HOMER BLISS ...
... ABER DU HATTEST VON ANFANG AN VERLOREN!
VERBRECHEN ZAHLT SICH NICHT AUS, HOMER BLISS!
EEEEYYAA
DER SHADOW...
WHUMP
"... WEISS ES!"
HA HA HA HA HA HA

The Shadow
CHINATOWN...
EINE JENER WINTERNÄCHTE, IN DENEN DER HIMMEL DIE SCHLAFENDE STADT WIE MIT EINEM TUCH BEDECKT... NEBELRANKEN GREIFEN WIE MIT KALTEN KNOCHENFINGERN NACH DEN MENSCHEN... DIE STILLE WIRD NUR VON EINEM FERNEN STÖHNEN UNTERBROCHEN... AUCH ZU DIESER STUNDE SCHLÄFT DAS **BÖSE** IN MANHATTAN NICHT!
DIE GASSE IST LEER BIS AUF EINEN HAGEREN MANN MIT **BRUTALEM** GESICHT UND EINER TÖDLICHEN **WAFFE** UNTER DEM ARM, DER VOR EINER SCHWACH ERLEUCHTETEN TÜR **WACHE** HÄLT, OHNE DIE GESTALT ZU BEMERKEN, DIE SICH AUS DEM NEBEL UND DEN SCHATTEN SCHÄLT...
DIE NACHT DES NINJA

CHOK
GHHH
HA HA HA HA HA HA HA HA
HE, BOSS! WARTE NOCH!
DU SOLLTEST MIR DECKUNG GEBEN, SHREVVY!
WAS WILLST DU ALSO?
UNSER MANN IM POLIZEIREVIER KAM GERADE! EIN ÜBERFALLKOMMANDO IST UNTERWEGS! ICH DACHTE, DU SOLLTEST ES WISSEN, BEVOR DU DORT HINEINGEHST! DU KÖNNTEST...
... IN DIE FALLE LAUFEN!
ALLERDINGS! GUT GEMACHT, SHREVVY! SOLL DIE POLIZEI DIE McMASTER-GANG AUSHEBEN! WIR WARTEN HIER ...
... UND GREIFEN UNS DIE, DIE FLIEHEN KÖNNEN!
DANN ZERREISST EIN SCHREI DIE LUFT...
AAAGHH!
KLINGT SO, ALS KÄME DIE POLIZEI ZU SPÄT!
FESSLE DEN WÄCHTER UND WARTE AUF WEITERE ANWEISUNGEN!

IN DIESEM AUGENBLICK IM ZWEITEN STOCK DES BAUFÄLLIGEN GEBÄUDES, IN EINEM RAUM, IN DEM DER SÜSSLICHE GERUCH VON DROGEN HÄNGT...
AL... SIEHST DU IHN AUCH, ODER HAT DIESES ZEUG MIR DIE BIRNE VERMATSCHT...?
E-ER IST DA...
...UND ER HAT MANNY GETÖTET!
BIN NOCH GANZ WEG... WO IST MEINE KNARRE...?
DIE BRAUCHST DU NICHT...
...IN DER HÖLLE!
UGGHH!
TZING
B-BITTE, MISTER... GNADE!
HAST DU GNADE MIT DEINEN OPFERN GEHABT? NEIN!

DOCH BEVOR SICH DIE KLINGE SENKT, SPUCKT EINE AUTOMATIK...
HAHA HA H
PANG
DER IST IRRE! LASS IHN NICHT ENTKOMMEN!
HABE ICH NICHT VOR!
ER HAT DIE TÜR ABGESCHLOSSEN! ABER DAS HÄLT...
KRAK
F-WINNG
...MICH NICHT AUF!
VATER... VATER...
MISS... DER MANN, DER HIER VORBEIKAM! WO IST ER?
AUF DEM DACH! ER ERSTACH MEINEN VATER UND LIEF AUFS DACH!
ER KOMMT NICHT WEIT!
G-GELD... WILL DAS GELD...

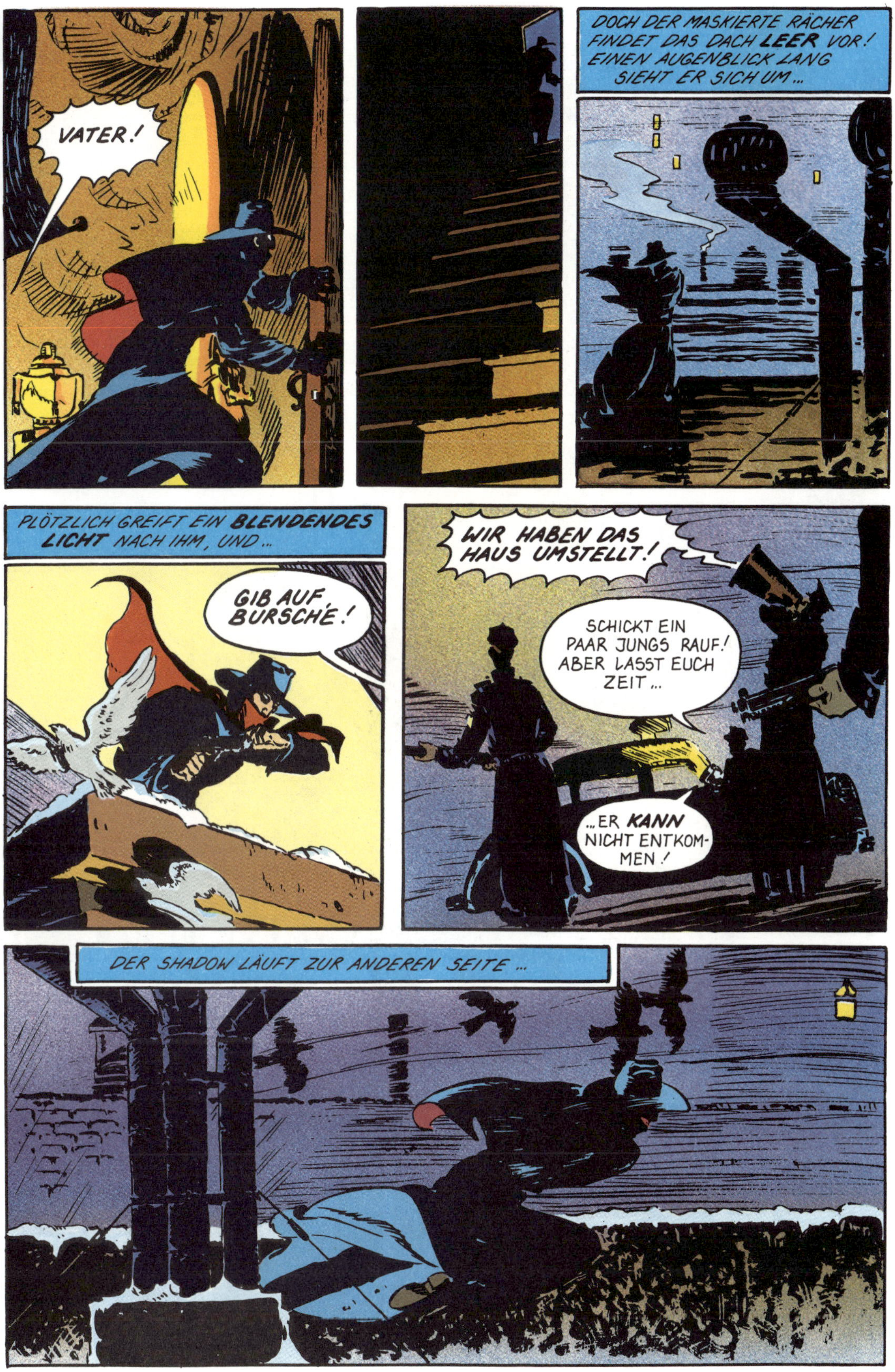
VATER!
DOCH DER MASKIERTE RÄCHER FINDET DAS DACH **LEER** VOR! EINEN AUGENBLICK LANG SIEHT ER SICH UM ...
PLÖTZLICH GREIFT EIN **BLENDENDES LICHT** NACH IHM, UND ...
GIB AUF, BURSCHE!
WIR HABEN DAS HAUS UMSTELLT!
SCHICKT EIN PAAR JUNGS RAUF! ABER LASST EUCH ZEIT ...
... ER **KANN** NICHT ENTKOMMEN!
DER SHADOW LÄUFT ZUR ANDEREN SEITE ...

RUHIG BLICKT ER IN DIE TIEFE ...UND LÄSST...
...SICH FALLEN!
EISERNE FINGER ERGREIFEN EIN SIMS ...
... DOCH ER IST NOCH LÄNGST NICHT IN SICHERHEIT!
MANN, DAS IST 'NE BEFÖRDERUNG WERT! WIR SCHNAPPEN DIE McMASTER-GANG...
... UND OBENDREIN AUCH NOCH DEN SHADOW! ER SITZT FEST!
KURZ DARAUF...
WOHIN, BOSS?
UM DEN BLOCK, SHREVVY!
DER SHADOW HAT SEINE ARBEIT GETAN!
DOCH LAMONT CRANSTON IST NEUGIERIG!

EIN SCHNELLER KLEIDUNGSWECHSEL, EINE KURZE FAHRT, UND ...
DA, SHREVVY... MEIN FREUND G. OYLE PROUD!
... DIESE STADT IST EIN SÜNDENPFUHL GEWORDEN, UND ICH WERDE ETWAS DAGEGEN TUN!
WIE IMMER VON REPORTERN UMLAGERT, WAS, PROUD?
AH... LAMONT CRANSTON! ICH SPRACH GERADE ÜBER MEINE PLÄNE, WENN ICH DIE WAHL ZUM BEZIRKSSTAATSANWALT GEWINNE!
VERBRECHER IN DROGENHÖHLEN WIE DER IN DIESEM GEBÄUDE... VIGILANTEN WIE DER SHADOW... UNERTRÄGLICH!
ZUERST WERDE ICH DEN DROGENHANDEL AUSTROCKNEN! ICH BIN GERADE AUS ASIEN ZURÜCKGEKEHRT...
... VON WO DIE DROGEN KOMMEN! ICH HABE NACHFORSCHUNGEN BETRIEBEN UND WERDE DEN HANDEL UNTERBINDEN!
WOLLEN SIE IHN ZU TODE QUATSCHEN?
AH, MEIN GEGNER BEI DER BEVORSTEHENDEN WAHL... BARTLETT MOGEN, DER AMTIERENDE STAATSANWALT!
EIN MANN, DER WEGEN SEINER NACHGIEBIGKEIT SCHANDE ÜBER DAS AMT GEBRACHT HAT!
SIE HABEN GUT REDEN, PROUD...
... ABER KONKRETE VORSCHLÄGE HABEN SIE SCHÖNSCHWÄTZER AUCH NICHT VORGELEGT!
WENN DIE HERREN VON DER PRESSE MICH BEGLEITEN WÜRDEN, KÖNNTEN WIR BEI EINEM GLAS WHISKY ÜBER DIE WAHL SPRECHEN ...

DARAN KRANKT UNSERE STADT, LAMONT! ER IST ALT, FAUL UND KORRUPT ...
KANN SCHON SEIN, ALTER KNABE! ABER SPRECHEN WIR MORGEN IM CLUB DARÜBER ...
... ICH BIN ZIEMLICH MÜDE!
GUTE NACHT, LAMONT!
DU BIST WIRKLICH GESCHAFFT, WAS, BOSS?
UNSINN, SHREVVY! ZUM HAUPTQUARTIER!
UND IN EINER SUITE IM HERZEN VON NEW YORK BERICHTET DER SHADOW VON DEN EREIGNISSEN DES ABENDS ...
AUFMACHUNG UND WAFFEN ZUFOLGE MUSS DER KILLER EIN NINJA SEIN ...
DAS WAREN DOCH SPIONE IM ALTEN JAPAN ...
JA ... DIE GEFÄHRLICHSTEN MEUCHELMÖRDER DER GESCHICHTE, NICHT WAHR, SHADOW?
ES HANDELT SICH UM EINEN HÖCHST GEFÄHRLICHEN GEGNER ...
GENAU, MARGO. ICH HABE VOR JAHREN VIEL VON EINEM NINJA-MEISTER GELERNT ...
ALSO, MEINE ANWEISUNGEN ...

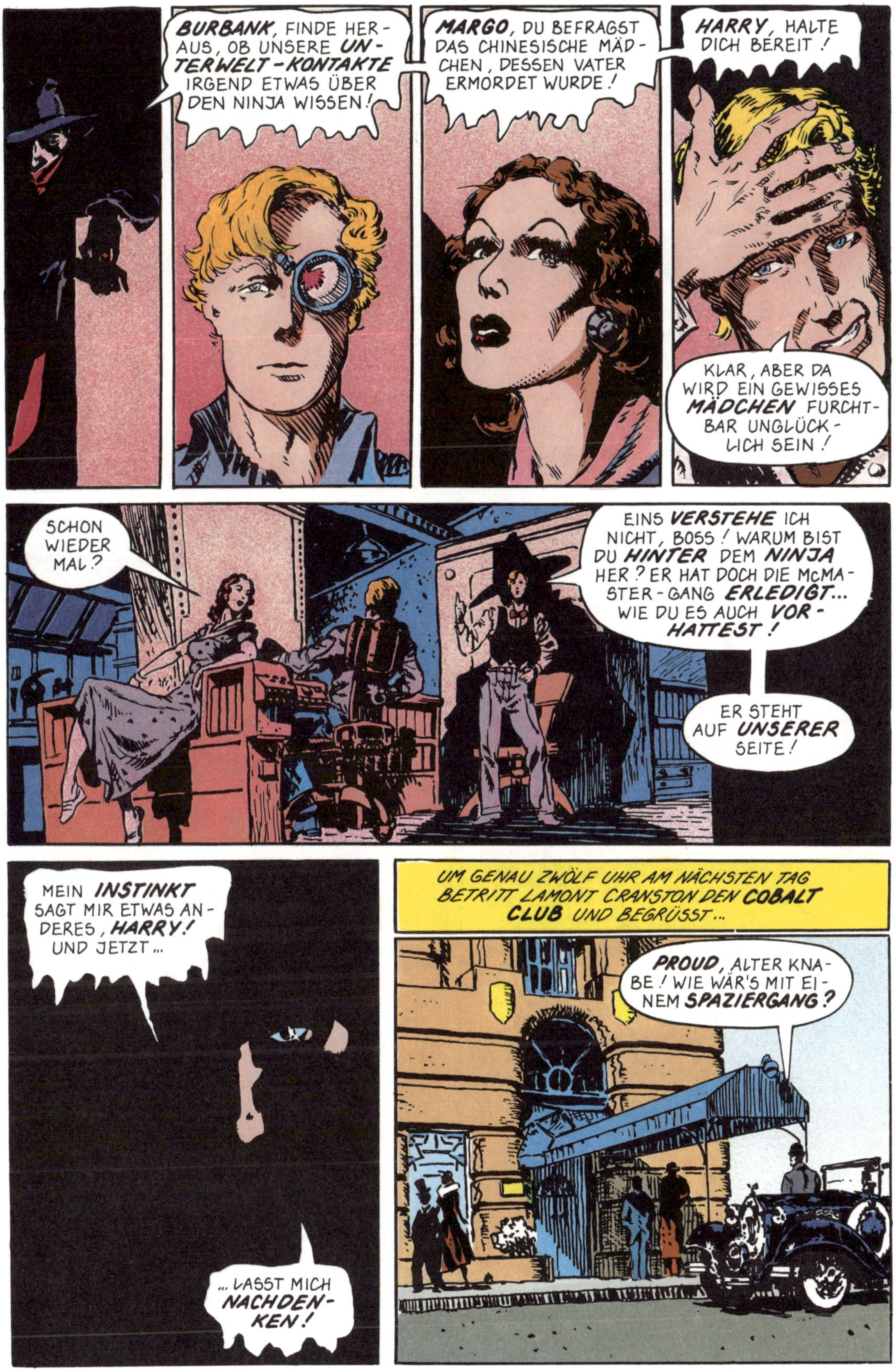
BURBANK, FINDE HERAUS, OB UNSERE UNTERWELT-KONTAKTE IRGEND ETWAS ÜBER DEN NINJA WISSEN!
MARGO, DU BEFRAGST DAS CHINESISCHE MÄDCHEN, DESSEN VATER ERMORDET WURDE!
HARRY, HALTE DICH BEREIT!
KLAR, ABER DA WIRD EIN GEWISSES MÄDCHEN FURCHTBAR UNGLÜCKLICH SEIN!
SCHON WIEDER MAL?
EINS VERSTEHE ICH NICHT, BOSS! WARUM BIST DU HINTER DEM NINJA HER? ER HAT DOCH DIE McMASTER-GANG ERLEDIGT... WIE DU ES AUCH VORHATTEST!
ER STEHT AUF UNSERER SEITE!
MEIN INSTINKT SAGT MIR ETWAS ANDERES, HARRY! UND JETZT...
...LASST MICH NACHDENKEN!
UM GENAU ZWÖLF UHR AM NÄCHSTEN TAG BETRITT LAMONT CRANSTON DEN COBALT CLUB UND BEGRÜSST...
PROUD, ALTER KNABE! WIE WÄR'S MIT EINEM SPAZIERGANG?

ICH WOLLTE IHNEN DIESEN SCHECK GEBEN... EINE SPENDE FÜR IHREN WAHLKAMPF!
MIT BESTEM DANK ANGE-NOMMEN, CRANSTON!
IN DIESEM AUGENBLICK NIMMT DER VERKLEI-DETE RÄCHER IN DEN AUGENWINKELN EINE BEWEGUNG WAHR...
...UND HANDELT!
VORSICHT, PROUD!
ZIIIIIIP
SIE HABEN MIR DAS LEBEN GERETTET, CRANSTON! WÄREN SIE NICHT GEWESEN...
...HÄTTE SICH DIESES DING IN MEINE LUFT-RÖHRE GEGRABEN!
EIN NINJA-STERN... TEUF-LISCH!
DER WERFER IST SCHON LÄNGST ÜBER ALLE BERGE ... DEN KRIEGEN WIR NICHT MEHR!
GENAU, CRANSTON! ZU VIELE LEUTE AUF DER STRASSE...

PROUD, TUN SIE MIR EI-NEN GEFALLEN! EIN FREUND VON MIR SOLL AUF SIE AUFPASSEN... HARRY VINCENT!
SIE SIND ZU WERTVOLL FÜR DIESE STADT!
ICH BRAUCHE KEIN KINDER-MÄDCHEN...
NEIN, ICH BESTEHE DARAUF!
EINE STUNDE SPÄTER, IN CHINATOWN...
MISS... MISS!
MEINEN SIE MICH?
ICH HABE EIN PAAR FRAGEN AN SIE!
BITTE TRETEN SIE EIN...
ES IST SO DUNKEL HIER...
SIE BRAUCHEN KEIN LICHT...
WOK
UNNGH!

WARUM HAST DU DAS GETAN? *
SIE WOLLTE NICHTS BÖSES!
WER WEISS, MEINE BRÜDER...
* AUS DEM CHINESISCHEN ÜBERSETZT!
WIR KÖNNEN KEIN RISIKO EINGEHEN ... NICHT SO KURZ VOR DEM ZIEL!
BEWACHT SIE UND DAS GELD!
DIESES GELD... ES GEHÖRT UNS NICHT, SCHWESTER! ES IST SCHMUTZIGES GELD... AUS DEM DROGENHANDEL!
UNSER VATER WUSSTE DAS, BRUDER...
DOCH OHNE DAS GELD KÖNNEN WIR UNSERE VERWANDTEN NICHT INS LAND HOLEN!
DESHALB HAT VATER ES IHM ABGENOMMEN!
WARTET HIER AUF MICH!
EIN FERNES DONNERN LIEGT IN DER LUFT, UND BLITZE ZUCKEN IN RASCHER FOLGE DURCH DEN DUNKLEN HIMMEL!
REGEN PEITSCHT DURCH DIE SCHLUCHTEN DER STADT UND TROMMELT GEGEN DIE FENSTER DIESES GEBÄUDES IN DER INNENSTADT...

UND IM HAUS ...
DA DRAUSSEN BRAUT SICH WAS ZUSAMMEN, MR. PROUD!
GEHEN SIE RUHIG NACH HAUSE! ICH BIN HIER VÖLLIG SICHER!
ICH BLEIBE TROTZDEM!
SIE SIND GENAUSO STUR WIE CRANSTON!
EINE TASSE KAFFEE, MR. VINCENT?
ICH SCHREIBE IM ARBEITSZIMMER AN MEINER REDE!
NUR ZU, MR. PROUD!
HM ... DER SCHMECKT BITTER!
MIR IST SO ... KOMISCH!
PROUD! HELFEN SIE MIR ...
WAS ?!? DER NINJA! ICH PUSTE DICH UM ... WENN ICH NUR ...

SLPP
WOK
QUALVOLLE, POCHENDE MINUTEN SPÄTER ...
P-PROUD! SIND SIE ...
WEG! ABER ER HAT SICH GEWEHRT ...
UM MICH DREHT SICH ALLES ... MUSS IM HAUPTQUARTIER ANRUFEN ...
BURBANK ... DER NINJA HAT PROUD, UND ICH BIN AUSSER GEFECHT ... EIN SCHLAFMITTEL ODER SO ...
ICH BENACHRICHTIGE DEN SHADOW UND SCHICKE HILFE!
UM NEUN UHR BRICHT ENDLICH DER STURM AUS UND TREIBT ALLE BEWOHNER CHINATOWNS IN IHRE HÄUSER ... DIE ANSTÄNDIGEN ...

... WIE AUCH DIE NICHT SO ANSTÄNDIGEN!
UND MEINE SCHWESTER?
ES IST ALLES ARRANGIERT! UNSERE VERWANDTEN WERDEN AUS DER ALTEN HEIMAT GESCHMUGGELT...
... FÜR DIESE FÜNFZIGTAUSEND AMERIKANISCHEN DOLLAR!
DU HAST DAS GELD IN EINEM WÄSCHESACK VERSTECKT? SEHR CLEVER, SCHÄTZCHEN!
ABER MAN ERWISCHT EUCH NATÜRLICH...
NICHT, WENN DU NICHT REDEST! ES TUT MIR LEID, DASS ICH DICH TÖTEN MUSS ... EIN UNSCHULDIGES OPFER...
... ABER SO IST DER LAUF DER WELT!
HA HA HA HA HA HA
DIESES GELÄCHTER... WIE DAS GESTERN ABEND!
SCHNELL, DURCHSUCHT DEN RAUM!
MMMPF

CHANG!?
ER WURDE NIEDERGE-SCHLAGEN ...
ABER VON WEM?
AGGMF
HA HA HA HA HA HA
MAN NENNT MICH ... SHADOW!
STIRB, FREMDER, STI ...
--EIIIIIIII
MEIN HAND-GELENK ...
ES IST NICHT GEBROCHEN ... ICH HABE DIR NUR EINEN NERV EIN-GEKLEMMT ...
DU KOMMST ABER AUCH IMMER IN DER SPRICHWÖRTLICHEN LETZTEN MINUTE, SHADOW!

DU HAST DICH NICHT WIE VEREIN-BART GEMEL-DET... ALSO MUSSTEST DU IN GEFAHR SEIN!
UND DU WURDEST MISS-TRAUISCH! NA JA, WENIGSTENS VER-NACHLÄSSIGST DU MICH NICHT!
SHADOW... SIE WIRFT ETWAS!
JA ... WIE AUCH HEUTE MITTAG BEI PROUD...
CHING
...EIN NINJA-STERN!
SIE IST DER NINJA?
NEIN! SIE HÄTTE NICHT DIE KRAFT, IHREN VATER MIT EINEM ZERBROCHE-NEN SCHWERT ZU TÖTEN!
UND SIE HATTE KEIN MO-TIV! SIE HATTE JA DAS GELD!
JA ... ABER ER WOLLTE ALLES! ER WOLLTE MEINEN VATER UM DEN VEREINBARTEN ANTEIL BETRÜ-GEN!
ICH WOLLTE MEINEN VATER RÄCHEN...
...UND UNSERE FA-MILIE IN DIE FREIHEIT HOLEN...
GHAAH!

SIE IST TOT! JEMAND HAT DIESES DING DURCHS FENSTER GESCHLEUDERT!
EIN NINJA-DORN... MAN KANN IHN ALS WAFFE BENUTZEN... ODER DAMIT...
...WIE MIT KLETTERHAKEN EINE HAUSWAND HINABSTEIGEN!
SO IST MIR DER NINJA AUF DEM DACH ENTKOMMEN! WÄHREND ICH VOR DER POLIZEI FLOH, STIEG ER DIE ANDERE WAND HINAB!
WEISST DU DENN, WER ER IST, SHADOW?
ALLERDINGS, MARGO. ICH BRINGE IHM SEINE SCHMUTZIGE BEUTE...
...ABER ER WIRD SICH NICHT DARÜBER FREUEN!
DER STURM TOBT NUN WIE EIN LEBEWESEN ... UND SCHREIT NACH RACHE!
IN EINEM BEKANNTEN GEBÄUDE FLACKERT DAS LICHT AUF...

DIE VERDAMMTE LAMPE ... !
BEI DEM GEWITTER MUSS DER STROM AUSGEFALLEN SEIN ...
HE ? EINE TASCHE VOLLER GELD ? ABER WIE ...
ICH HABE SIE DORT HINGELEGT.
HA HA HA HA HA HA
DU BIST ... DER SHADOW ?
HA HA HA HA HA HA
ÜBERRASCHT ? DACHTEST DU, DU KÄMEST DAMIT DURCH, NINJA ... ODER BESSER ... PROUD ?
DU WEISST ES ?
NATÜRLICH !
DU HAST DEN REPORTERN GESAGT, DU KÄMEST GERADE AUS ASIEN ZURÜCK, WO DU DIE NINJA-KUNST ERLERNT ...
... UND DEN SCHMUGGEL DER DROGEN IN DIE VEREINIGTEN STAATEN ARRANGIERT HAST, ZWEIFELLOS MIT HILFE DER McMASTER-GANG !
CLANG
ZEIG DICH !
DU WURDEST GIERIG ! DU HAST DEINE KOMPLIZEN ERMORDET, UM DEN PROFIT ALLEIN BEHALTEN ZU KÖNNEN ! ICH KAM HINZU ... DU BIST GEFLOHEN !
ZEIG DICH !

DU HAST HARRY VINCENT BETÄUBT UND BIST NACH CHINATOWN ZURÜCKGEKEHRT, UM ES DEM MÄDCHEN HEIMZUZAHLEN, DAS DICH ERMORDEN WOLLTE, UND DAS GELD ZU SUCHEN ... UND WIEDER KAM ICH DAZWISCHEN!
ZEIGE DICH!
HIER, AM FENSTER! KOMM NUR, DU HEUCHLER! DU VERSTECKST DICH HINTER DER MASKE DES GESETZES, DEM DU ZU DIENEN VORGIBST ...
... DOCH IN WIRKLICHKEIT WILLST DU DEIN AMT BENUTZEN, UM ZU STEHLEN UND ZU BETRÜGEN ... DEINE GIER ZU BEFRIEDIGEN! DU BIST DER ÜBELSTE ABSCHAUM!
DU HAST RECHT! ABER DU BIST MACHTLOS! ICH RAMME ...
... MEIN SCHWERT DURCH DEINEN ...
... LEEREN MANTEL!
YAAHHHHHHHH
DER SHADOW VERSAGT NIE!
HA HA HA HA HA HA HA HA HA HA

IN DEN SCHLINGEN DES
WIR UNTERBRECHEN UNSER PROGRAMM FÜR EINE LIVE-REPORTAGE AUS DEM HOTEL WALDORF-ASTORIA HIER IN DER INNENSTADT VON NEW YORK, AUS DEM SICH UNSER REPORTER WARREN J. WARREN MELDET. WARREN?

BARREL of FUN
GUTEN ABEND, LIEBE ZUHÖRER. ICH STEHE IN EINER MENSCHENMENGE VON SCHAULUSTIGEN UND POLIZISTEN, DIE ALLE DIE SCHRECKLICHE SZENE VOR UNS BETRACHTEN.
WIE KANN ICH ES IHNEN BESCHREIBEN?

DIE EICHENTÜREN SIND AUFGEBROCHEN ...
... DIE SCHÖNEN MÖBEL WURDEN UMGESTOSSEN ...
... VORHÄNGE RUNTERGERISSEN ...
... FENSTER ZERBROCHEN.
ZWEI, VIELLEICHT DREI TOTE LIEGEN WIE STOFFPUPPEN IN DEN ECKEN.

BLUT AUF DEM TEPPICH ... UND FUSSABDRÜCKE ...
UND DURCH DIE INNENTÜR SEHE ICH ... NEIN, AUGENBLICK, WARTEN SIE ...
ES IST SCHRECKLICH! VIER, NEIN, **SECHS** WEITERE LEICHEN AUF DEM BODEN! JEDE MENGE BLUT ... ICH GLAUBE NICHT, DASS ...

GERADE KOMMT DER POLIZEICHEF HERAUS ... VIELLEICHT ...
COMMISSIONER?
BITTE?
SIR?
ÄH ... KEIN KOMMENTAR.
ABER SIR! DIE LEICHEN ... WER ...?
ÄH ... NA JA ... DA DRINNEN ... LEBT KEINER MEHR. EIN FURCHTBARES CHAOS.
DER SOHN DES BOTSCHAFTERS?
NEIN, KEINE SPUR VOM SOHN DES BOTSCHAFTERS ... WIR NEHMEN AN, DASS ER VON DEN TÄTERN ... ENTFÜHRT WURDE.
WIR ERMITTELN NOCH ...
NEIN, DAS IST ALLES. BITTE ...

LIEBE ZUHÖRER, POLIZEICHEF WESTON HAT GERADE BESTÄTIGT, DASS DER KLEINE SOHN DES JAPANISCHEN BOTSCHAFTERS ENTFÜHRT UND SEINE LEIBWÄCHTER UND FAMILIENANGEHÖRIGEN HIER IN DIESER EXKLUSIVEN HOTEL-SUITE HOCH ÜBER DEN STRASSEN MANHATTANS ERMORDET WURDEN.
EIN GEHEIMNIS LIEGT ÜBER DIESER TRAURIGEN TAT.
FT-ZZZZZSSSSSSSSSSSSSSSSS

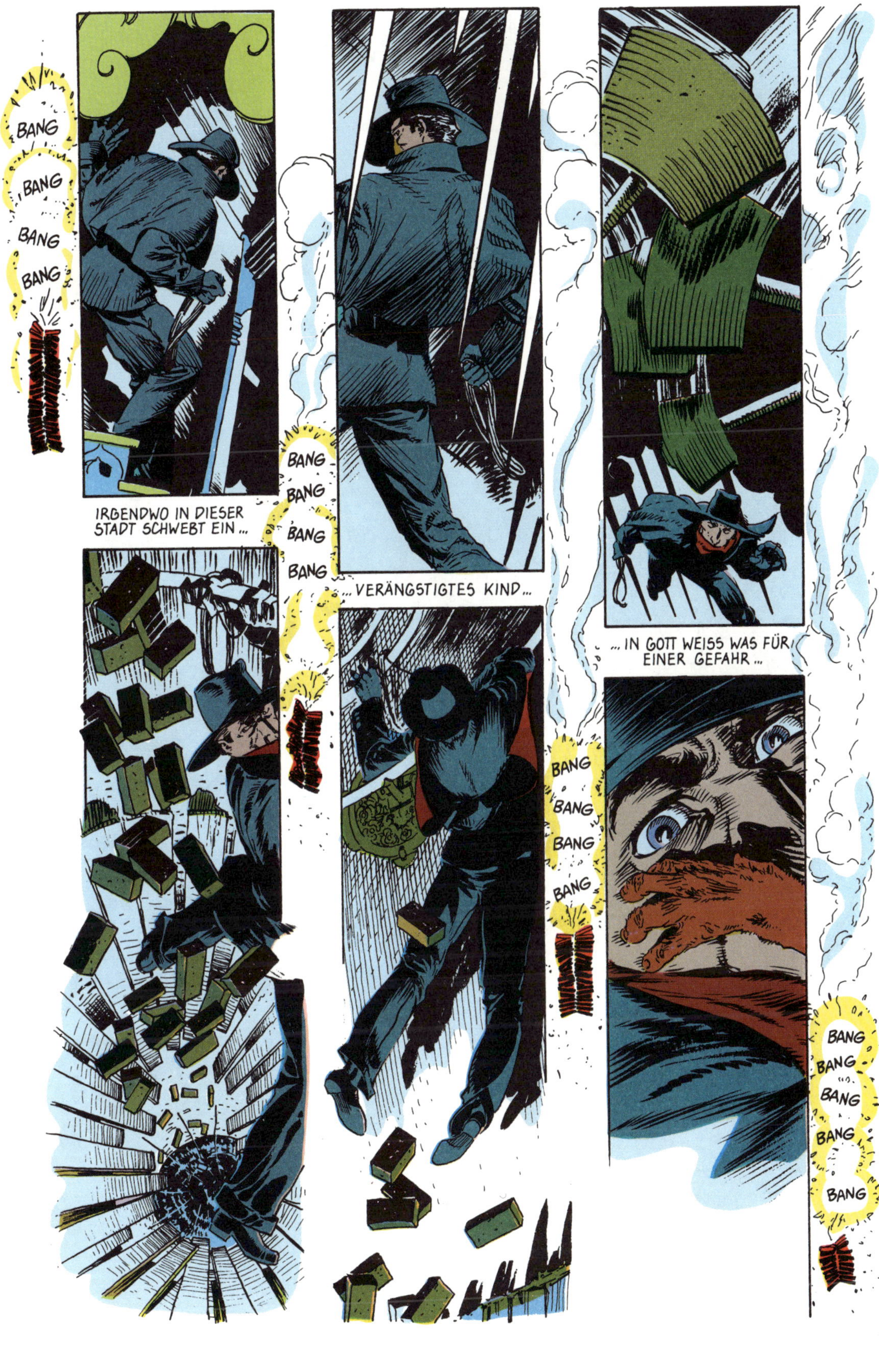
BANG
BANG
BANG
BANG
IRGENDWO IN DIESER STADT SCHWEBT EIN ...
BANG
BANG
BANG
BANG
... VERÄNGSTIGTES KIND ...
... IN GOTT WEISS WAS FÜR EINER GEFAHR ...
BANG
BANG
BANG
BANG
BANG
BANG
BANG
BANG
BANG

SEINE FAMILIE WURDE VOR SEINEN JUNGEN AUGEN ERMORDET.
WAS MUSS DIESES KIND NOCH DURCH-STEHEN ?
WELCHEN QUALEN IST ES IN DIESEM MOMENT AUSGE-SETZT ?

UNSERE STADT FRAGT SICH BE-TROFFEN: WO BLEIBT ...
... DIE GERECHTIGKEIT?
WER WIRD DIESE BRUTALE TAT RÄCHEN?
ES SPRACH WARREN J. WARREN VOM SENDER WOR.

WIR NEHMEN NUN UNSER NORMALES PROGRAMM WIEDER AUF.
BLAM!

請把毯子打開
HAHAHAHAHAHAHAHAHAHAHAHAHAHAHAHAHA

HAHAHAH
BLAM!
BLAM
BLAM BLAM BLAM B BLAM BLAM BLAM
HAHAHAHAHAHAHAHAHAHAHAHAHA
HAHAHAHAHAHAHAHAHAHAHA

HAHAHA
幫我呼!
HAHA
HAHAHAHA HA HA HA
SSSSSSSSSSSSSSSSSSSS
SSSSSSSS

VERBRECHEN ZAHLT SICH NICHT AUS.

DER SHADOW...
HAHAHAHAHAHAHAHAHAHAHAHAHAHAHAHAHAHAHAHA
...WEISS ES!
ENDE

Mythen & Legenden

... PACKENDE COMIC-ABENTEUER AUS DER FEDER DER BESTEN AMERIKANISCHEN COMIC-KÜNSTLER

BATMAN

Vor über 50 Jahren geschaffen, wurde Bob Kanes Batman-Legende zum neuen Comic-Kult der neunziger Jahre...

1 **Die Rückkehr des Dunklen Ritters**
Von Frank Miller, Klaus Janson und Lynn Varley
200 Seiten, DM 29,80

2 **Batman – Das erste Jahr**
Von Frank Miller, David Mazzucchelli und Richmond Lewis
104 Seiten, DM 22,80

3 **Lächeln, bitte!**
Von Alan Moore, Brian Bolland und John Higgins
48 Seiten, DM 14,80

4 **Schatten über Gothams Vergangenheit**
Von Brian Augustyn, Michael Mignola, P. Craig Russel und David Hornung
48 Seiten, DM 14,80

5 **Der Tag der Narren**
Von Grant Morrison und Dave McKean
128 Seiten, DM 24,80

THE SHADOW

Der große Mythos der amerikanischen Kriminalliteratur – ein Film noir auf dem Papier...

1 **Ein Nest voller Ratten**
Von Dennis O'Neil und Michael W. Kaluta
128 Seiten, DM 29,80

SWAMP THING – DAS DING AUS DEN SÜMPFEN

Er ist halb Mensch, halb Pflanze, und seine Odyssee führt durch die tiefsten Abgründe der menschlichen Seele...

1 **Das Ding aus den Sümpfen**
Von Len Wein und Berni Wrightson
128 Seiten, DM 29,80

2 **Die Nacht der Fledermaus**
Von Len Wein und Berni Wrightson
128 Seiten, DM 29,80

EDITION comicArt
IM CARLSEN VERLAG